外国文学名著丛书

〔匈〕裴多菲 / 著

裴多菲诗选

孙 用 / 译

"外国文学名著丛书"编委会

人民文学出版社

Petőfi Sándor
VERSEK

图书在版编目(CIP)数据

裴多菲诗选/(匈)裴多菲著;孙用译.—北京:人民文学出版社,2022 (2023.6重印
(外国文学名著丛书)
ISBN 978-7-02-015694-8

I. ①裴… II. ①裴…②孙… III. ①诗集—匈牙利—近代 IV. ①I515.24

中国版本图书馆 CIP 数据核字(2021)第 241614 号

责任编辑　刘　彦
装帧设计　刘　静
责任印制　王重艺

出版发行　人民文学出版社
社　　址　北京市朝内大街166号
邮政编码　100705

印　　刷　河北新华第一印刷有限责任公司
经　　销　全国新华书店等

字　　数　131千字
开　　本　850毫米×1168毫米　1/32
印　　张　11.375　插页3
印　　数　4001—6000
版　　次　1954年10月北京第1版
印　　次　2023年6月第2次印刷

书　　号　978-7-02-015694-8
定　　价　69.00元

如有印装质量问题,请与本社图书销售中心调换。电话:010-65233595

裴多菲

出版说明

人民文学出版社自一九五一年成立起,就承担起向中国读者介绍优秀外国文学作品的重任。一九五八年,中宣部指示中国科学院文学研究所筹组编委会,组织朱光潜、冯至、戈宝权、叶水夫等三十余位外国文学权威专家,编选三套丛书——"马克思主义文艺理论丛书""外国古典文艺理论丛书""外国古典文学名著丛书"。

人民文学出版社与中国科学院文学研究所,根据"一流的原著、一流的译本、一流的译者"的原则进行翻译和出版工作。一九六四年,中国社会科学院外国文学研究所成立,是中国外国文学的最高研究机构。一九七八年,"外国古典文学名著丛书"更名为"外国文学名著丛书",至二〇〇〇年完成。这是新中国第一套系统介绍外国文学作品的大型丛书,是外国文学名著翻译的奠基性工程,其作品之多、质量之精、跨度之大,至今仍是中国外国文学出版史上之最,体现了中国外国文学研究界、翻译界和出版界的最高水平。

历经半个多世纪,"外国文学名著丛书"在中国读者中依然以系统性、权威性与普及性著称,但由于时代久远,许多图书在市场上已难见踪影,甚至成为收藏对象,稀缺品种更是一书难求。在中国读者阅读力持续增强的二十一世纪,在世界文明交流互鉴空前频繁的新时代,为满足人民日益增长的美好生活的需要，人民文学出版社决定再度与中国社会科学院外国文学研究所合作，以"网罗经典，格高意远，本色传承"为出发点，优中选优，推陈出新，出版新版"外国文学名著丛书"。

值此新版"外国文学名著丛书"面世之际，人民文学出版社与中国社会科学院外国文学研究所谨向为本丛书做出卓越贡献的翻译家们和热爱外国文学名著的广大读者致以崇高敬意！

"外国文学名著丛书"编委会
二〇一九年三月

编委会名单

（以姓氏笔画为序）

1958—1966

卞之琳	戈宝权	叶水夫	包文棣	冯　至	田德望
朱光潜	孙家晋	孙绳武	陈占元	杨季康	杨周翰
杨宪益	李健吾	罗大冈	金克木	郑效洵	季羡林
闻家驷	钱学熙	钱锺书	楼适夷	蒯斯曛	蔡　仪

1978—2001

卞之琳	巴　金	戈宝权	叶水夫	包文棣	卢永福
冯　至	田德望	叶麟鎏	朱光潜	朱　虹	孙家晋
孙绳武	陈占元	张　羽	陈冰夷	杨季康	杨周翰
杨宪益	李健吾	陈　燊	罗大冈	金克木	郑效洵
季羡林	姚　见	骆兆添	闻家驷	赵家璧	秦顺新
钱锺书	绿　原	蒋　路	董衡巽	楼适夷	蒯斯曛
蔡　仪					

2019—

王焕生	刘文飞	任吉生	刘　建	许金龙	李永平
陈众议	肖丽媛	吴岳添	陆建德	赵白生	高　兴
秦顺新	聂震宁	臧永清			

目　次

译本序 …………………………………………… 1

一八四二年

酒徒 ……………………………………………… 3

一八四三年

预言 ……………………………………………… 7
寄自远方 ………………………………………… 10
谷子成熟了 ……………………………………… 12
我走进了厨房 …………………………………… 13
爱情呀爱情 ……………………………………… 15

一八四四年

爱国者之歌 ……………………………………… 19
贵族 ……………………………………………… 21
徒然的计划 ……………………………………… 22

月儿沐浴于天空的海上……	24
这个世界是那么大……	26
牧羊人骑在驴子上……	27
生和死	29
树上有樱桃千万颗……	30
我的爱情并不是……	32
我的爱情是咆哮的海……	34
给在外国的匈牙利人	35
反对国王	37

一八四五年

我父亲的和我的职业	41
匈牙利	42
黑面包	43
坟墓里安息着……	44
我愿意是树……	45
可爱的老酒店主人	46
论价	48
牛车	49
匈牙利的贵人	51
希望	53

一八四六年

| 疯人 | 57 |

仙梦	61
记忆呀	72
悲哀？是大海	73
你吃的是什么，大地	74
我的歌	75
人民	77
夜莺和云雀	78
云正低低地压下	81
你爱的是春天	83
我渴望着流血的日子	85
小树颤抖着	87
灵魂永远不死	89
这在我是可怕的思想	90

一八四七年

自由，爱情	95
啊，人应当像人	96
宫殿和草棚	99
狗之歌	102
狼之歌	104
致十九世纪的诗人	106
给奥洛尼·雅诺士	109
我是匈牙利人	111
蒂萨河	114
风	118

3

以人民的名义	120
斗争是……	123
光明！	125
兵的生活	129
褴褛的勇士	132
我的最美丽的诗	134
世界多么美好！	135
我愿意是急流……	138
宝剑和铁链	140
给爱人的回信	146
诗歌	150
村子尽头的一家酒店……	152
荷马与峨相	155
秋风在丛树间飒飒地响着……	158
九月末日	161
我的祖国，你还要睡多久呢？	163
一下子给我二十个吻吧……	165
在小山边，有一丛玫瑰……	167
巴多·保罗先生	168
在火车上	171

一八四八年

冬天的晚上	175
最好最好的妻子……	179
你在干什么，你在缝什么？……	181

我怎么称呼你？	183
冬天的草原	186
母亲的鸡	189
暴风刮着……	191
给贵族老爷们	193
民族之歌	197
大海汹涌着……	200
给国王们	202
又在说了，而且单是说……	205
我的爱人和我的剑	207
我的故乡	210
匈牙利人民	213
献给国家代表会议	215
共和国	218
三只鸟儿	221
给民族	224
你们为什么歌唱，好诗人？	228
老旗手	230
告别	233
一八四八	236
又是秋天了……	239
这是我的箭，要向哪里射？	241
把国王吊死！	243
败仗，可耻的逃亡！	246
写于除夕	249

一八四九年

欧洲平静了,又平静了…… ………………… 255
作战 ……………………………………………… 257
我又听到了云雀唱着 …………………………… 259
爱尔德利的军队 ………………………………… 261
勇敢的约翰 ……………………………………… 263

后记 ……………………………………………… 338

译本序

裴多菲·山陀尔是匈牙利最伟大的诗人,一八二三年一月一日生于基什克勒什,父亲是一个屠户,母亲是农妇。他从小就过着贫苦的生活,当过兵,做过流浪的艺人。一八四九年七月三十一日,他在反抗奥地利统治的独立战争中,献出了自己的生命。

一八四八年三月十五日,裴多菲在首都佩斯的国家博物馆的高台上,向广场上的一万多名起义者朗诵了他的《民族之歌》:

起来,匈牙利人,祖国正在召唤!
时候到了,现在干,或者永远不干!
是做自由人呢,还是做奴隶?

广场上的群众追随着他热情激昂地高喊:

我们宣誓,
我们宣誓,我们
永不做奴隶!

裴多菲当时一遍又一遍地朗诵这首诗,鼓舞和动员了匈牙利人民为自由而斗争,胜利地揭开了一八四八年匈牙利革命的序幕。匈牙利人民在民族英雄科苏特等人的领导下,同

1

奥地利殖民统治者展开了针锋相对的斗争。同年十月,裴多菲亲自参加了这场战争。他同时用笔和剑与敌人搏斗。这时期他写了许多鼓舞斗志和士气的诗歌和进行曲。

一八四九年四月,匈牙利在斗争中正式宣布独立。当时反动势力惊惶万状,沙皇尼古拉一世派兵支援奥地利。面临着优势的奥俄联军的进攻,匈牙利爱国者坚决进行抵抗。裴多菲在与沙俄部队激战中壮烈牺牲,年仅二十六岁。这场被恩格斯誉为"具有英雄豪迈的特点"的独立战争,虽被残酷镇压下去,但对匈牙利人民后来的民族解放斗争,却是一个巨大的鼓舞。

裴多菲年轻时就勤奋学习,酷爱写作。他从十六岁起就开始了动荡不定的生涯,走遍祖国各地,目睹了人民的疾苦。他流浪的一生使他深切了解匈牙利人民,尤其是农民,这对他的创作起了很大影响。从他的诗歌中,无论在内容上,还是在形式上,都可以看出,他与人民是多么靠近,难怪他的许多诗已经成为民歌了。

首先把裴多菲的事迹及其作品介绍到中国来的,是鲁迅先生。早在一九〇七年,鲁迅就在《摩罗诗力说》中详细地介绍了裴多菲的生平和思想。翌年,他又翻译了《匈牙利文学史》中论裴多菲的一章。一九二五年,鲁迅翻译了裴多菲的五首短诗;一九二九年十一月,鲁迅收到裴多菲的长诗《勇敢的约翰》译稿后,对全文认真校订,垫钱印制插图,在当时的困难条件下,为了使它出版,奔走达一年半之久。鲁迅在逝世前一年所写的文章中,还一再引用裴多菲的诗,来论证艺术与生活的关系、爱和憎的道理。

本书所选的一百零五首诗,都是一八四二至一八四九年间所作;除了歌颂革命的以外,也选了一些回忆儿时、讴歌爱情、赞赏自然的诗篇。这些诗都是译者从原文译出的,曾得到当时两位匈牙利留学生高恩德、梅维佳的协助。

         孙　用
      一九七八年十一月

一八四二年

酒　徒[*]

一杯消灭了忧愁,
我的生命就欣欣向荣;
一杯消灭了忧愁,
我笑骂你,不幸的运命!

你们不要诧异,如果我说,
我祷告的只是酒神,
只有对于他一个,
我才献出我的心。

酒的热情爆发了,
我嘲弄你,狠心的人世!
你涌起洪水似的烦闷,
在我周围无情地冲击。

是这酒使我歌唱,

---

[*] 这是作者发表的第一首诗。那时署的还是作者原来的姓名:Petrovics Sándor(彼得洛维支·山陀尔)。

歌唱的声音响亮；
是这酒使我遗忘，
遗忘你，负心的姑娘！

如果到了我的末日，
我就投向死亡的苦酒：
再喝一口——然后我笑着，
倒在你冰冷的胸上，坟头！

1842 年 4 月

一八四三年

预　言

"母亲,你说过我们的梦
是天仙在夜间画成;
梦是窗子,从里面望见了未来,
用我们的灵魂的眼睛。

"母亲,我做了一个梦,
你能不能给我下一个判断?
我梦见长了翅膀,飞去了,
穿过大气,穿过无限的空间。"

"儿子,我灵魂的宝贵的太阳!
欢乐的是这太阳的光辉;
上帝要给你长久的生命,
这是你的幸福的梦的秘密。"

这孩子渐渐长成了,
他热烈的胸中闪耀着青春,
歌声是心的仁爱的慰藉,
当激动的血液在沸腾。

这青年的手臂拿起琴来,
他的琴弹出了他的心情,
这烈火的心情飞行着,
像鸟儿张着歌的翅膀飞行。

这奇妙的歌飞上天空,
又把光荣的星带到世间,
它为了诗人的额头,
编成了星光的冠冕。

但歌的甜蜜却是毒药;
这诗人拨动了琴弦,
弹出他的心的朵朵鲜花,
就是他生命的宝贵的时间。

心情的火焰变了地狱,
他自己成了火焰的牺牲;
只有一小枝的生命之树
依傍着他在大地上留存。

他躺在死亡的床上,
——这孩子,经历了万苦千辛——
听到他母亲的忧愁的嘴唇
喃喃地说出痛苦的声音:

"死神!不要从我手中夺去他,
不要让孩子这样早就死亡;
上天允许他长久的生命……
难道我们的梦只是撒谎?……"

"母亲,我们的梦并没有撒谎;
纵使尸布盖上了我的脸,
母亲,你的诗人儿子的荣名
一定要活好久,永远流传。"

      1843年3月5日以前

寄自远方

多瑙河边有一间小屋；
啊,它多么使人留恋!
当我回想着它的时候,
眼泪就模糊了我的两眼。

我原来想在那里安住!
迷人的愿望却赶着前行;
我的愿望长出了翅膀,
留不住我了,这温暖的家庭。

我告别的接吻声响着,
母亲的心忍受着苦痛;
滚滚的泪水也熄灭不了
这心头的爱火的熊熊。

她的颤动的手臂抱着我,
哀求她的儿子留在家乡。
假如我能够预先知道一切,
这时我就不会在这远方。

在美丽的希望的星光下，
未来正如仙女的花园；
可是，一踏进了嘈杂的人生，
我们才知道这是错误的意见。

我曾经见过光明的未来，
我心头的苦痛，我不愿说！
我尽在广漠的世间流浪，
我尽在荆棘的路上奔波。

……现在，有熟人回故乡去了；
带什么消息给我的母亲？
朋友，当你们经过她的小屋，
请你们进去，问候一声。

告诉她，千万无须挂念，
上帝保佑我：幸福，欢欣——
啊，假如她知道了我的苦楚，
一定要愁死这好心的女人！

1843 年 5 月

谷子成熟了……

谷子成熟了,
天天都很热,
到了明天早晨,
我就去收割。
我的爱也成熟了,
很热的是我的心;
但愿你,亲爱的,
就是收割的人!

1843年7月—8月之间

我走进了厨房……

我走进了厨房，
从袋中取出烟管……
我并不需要点火，
烟管还在冒烟。

烟管愉快地响着，
我不需要燃点！
我进去，我看到了，
姑娘正坐在那边。

姑娘点着了火，
熊熊地烧着木片；
比火的海更亮的，
却是她的两眼！

她向我投射着眼光，
她的娇媚使我迷恋！
燃烧了我的心，

熄灭了我的烟管。

1843 年 7 月—8 月之间

爱情呀爱情……

爱情呀爱情,
爱情是个黑暗的陷阱;
我掉下去了,在里面,
我不能看,也不能听。

我给父亲去牧羊,
我听不见头羊的铃铛,
它走进了绿油油的秧田,
太迟了,当我发现的时光。

我亲爱的母亲
把粮食装满了我的背包;
幸而我已经失掉了它,
我这才有机会绝食了。

亲爱的父亲,亲爱的母亲,
什么事也不要叫我做,
原谅我吧,如果我错了——

我也不知道,我在做什么!

1843 年 11 月 4 日—24 日之间

一八四四年

爱国者之歌

我是你的,我的祖国!都是你的,
我的这心,这灵魂;
假如我不爱你,我的祖国,
我能爱哪一个人?

我的胸膛恰似一座教堂,
你的形象是神坛,
只要你存在:这教堂为了你毁坏,
我也十分情愿;

这毁坏了的胸膛,它的最后的
祷告依然是:
"我的上帝,给祖国祝福吧,
祝福它,我的上帝!"

但是,我不告诉任何人,
也不大叫大嚷:
"只有你才是我的最亲爱的,
在全世界上。"

我暗暗地跟着你的脚步,
永远也不变心;
不像影子一样,它只在阳光下
跟着过路人。

但是,黄昏越来越近了,
影子也越来越长:
我的祖国,你头上的天空越黑暗,
我的心也越凄凉。

我到那里去了,那里忠心的人们
举起了酒杯,
请求着命运:给你的神圣的生命
加上新的光辉。

纵使我的眼泪把瓶里的美酒
变成了苦汁,
我还是把这一瓶酒都喝了,
喝完最后的一滴!

1844年1月—2月之间

贵　族

这无赖吊在鞭刑柱上了,
要处罚他的罪恶;
他偷,他抢,他还干别的,
鬼知道是什么。

可是,他却反抗着喊道:
"你们不要碰我!
我是贵族……你们没有权利
来鞭打一个贵族。"

他的受辱的祖先的鬼魂啊!
你可听见他的话?
现在,他不吊在鞭刑柱上了,
已经吊上了绞架!

1844年1月—2月之间

徒然的计划

在回家去的途中，
我尽是沉思默想：
我将怎么对母亲说，
当我们会见的时光？

到了家里的时候，
我的话有多么美丽？
母亲就向我伸出了
抚慰过我的胳臂。

我的头脑里闪过了
美丽的思想万千，
时间缓慢地爬着，
车子却迅速地向前。

我到了家,她向我飞来……
又向我伸出了两手……
我们一声不响吻着，

像果实挂在枝头。

1844 年 4 月

月儿沐浴于天空的海上……

月儿沐浴于天空的海上,
森林中有一个强盗尽在思想:
小草上洒遍了密密的露水,
更密的是他的悲哀的眼泪。

他靠紧他的斧子,自言自语:
"为什么我走上了这罪恶的路!
亲爱的母亲,你要我飞黄腾达;
我为什么竟没有听你的话?

"我离开了家,在四方流浪,
最后我加入了强盗的一帮;
现在我的生活是多么可耻,
只为了夜间把过路人杀死。

"我只想走,只想离开此地,
那才能快乐!可惜已经太迟:
妈妈死了……也毁了,我的小小的家……

这时已经准备好我的绞架!"

1844 年 4 月

这个世界是那么大……

这个世界是那么大,
你却那么小,我的亲爱的;
可是,如果你属于我了,
就算用世界来交换,我也不愿意!

你是太阳,我却是黑夜,
充满了无边的黑暗;
可是,如果我们的心融合了,
美丽的曙光就照耀在我上面!

不要望我,低下你的眼睛——
不然我的灵魂要烧毁了!
可是,你既然并不爱我,
那么就让这可怜的灵魂烧掉!

1844 年 6 月

牧羊人骑在驴子上……

牧羊人骑在驴子上,
他的脚掌拖在地下;
他的躯干已很大了,
但他的不幸却更大。

在田野里,在小山上,
他牧着羊,吹着牧笛。
忽然他听到了消息:
他的爱人就要死去。

他立刻跳上了驴子,
急急忙忙地向前走;
可是,唉,到得太迟了,
只看到了她的尸首。

那么牧羊人怎么办,
遭到了这样的悲伤?
他拿起了他的棍子,

尽打在驴子的头上。

1844 年 7 月

生 和 死

生,为了爱情和美酒;
死,为了祖国而牺牲:
谁有这样的命运,
谁就是个幸福的人。

1844年7月—8月之间

树上有樱桃千万颗……*

树上有樱桃千万
颗……
我却只有一个
老婆;
但就是这一个也已经
太多!
早晚她总要气死
我。

她正是一个天生的
怪物!
她一靠近我,我就会
哆嗦。
她要我做什么,我都依
她,
但我的工钱却只是

---

* 原诗每节的第二、四、六、八行,都只用一个音节;这种诗式在匈牙利诗歌中很少见,大抵是开玩笑的口吻。

挨骂。

我曾经有一次这么
想道：
打她……我可以对付，她已经
老了。
可是当她盯着我的
脸：
我的什么勇气就都
不见。

已经有三次了，她几乎
送命；
天哪，那时候我多么
高兴。
但魔鬼并没有把她
带走；
她太坏了，连魔鬼也
摇头。

1844年8月

我的爱情并不是……

我的爱情并不是一只夜莺,
在黎明的招呼中苏醒,
在因太阳的吻而繁华的地上,
它唱出了美妙的歌声。

我的爱情并不是可爱的园地,
有白鹄在安静的湖上浮游,
向着那映在水中的月光,
它的雪白的颈子尽在点头。

我的爱情并不是安乐的家,
像是一个花园,弥漫着和平,
里面是幸福,母亲似的住着,
生下了仙女:美丽的欢欣。

我的爱情却是荒凉的森林;
其中是嫉妒,像强盗一样,
它的手里拿着剑:是绝望,

每一刺又都是残酷的死亡。

1844 年 11 月

我的爱情是咆哮的海……

我的爱情是咆哮的海,
它的巨大的波浪
这时已经不再打击着大地和天空;
它只静静地睡眠,
正如小小的孩子,
在久久的啼哭后,安息于摇篮之中。

在明镜似的水波之上,
我划着那温柔的
幻想的船,向着开花的山谷前行;
从未来那船坞里,
嘹亮的歌迎着我……
你歌唱着,希望,你这可爱的夜莺!

1844 年 11 月

给在外国的匈牙利人*

你们,祖国的身上的脓疮,
我应该对你们说些什么?
我要烧掉你们,我要烧掉
你们的坏血,如果我是火!

我不是火,没有毁灭性的烈焰;
但是我有的是尖锐的声音,
我要对你们发出诅咒,
用最恶毒的话诅咒你们。

这祖国有没有什么宝库,
有没有容不下的财富?
这祖国,这可怜的祖国,
它病得那么重,又那么穷苦。

你们这些强盗,却拿去了

---

* 这首诗是反对那时候在国外,特别在奥地利,挥霍人民的血汗钱的贵族们的。

祖国用血汗换来的药钱,
你们把它拿到了外国,
献上了外国偶像的祭坛。

对这祖国,你们毫不怜悯,
它正陷在泥泞中讨着饭;
当它流着血,流着眼泪,
你们却在外国把酒杯斟满。

等到你们拿起了讨饭棒,
那时候你们才向祖国回来;
你们再向它求乞,它实在是
为了你们,才沦落为乞丐。

离开这可怜的祖国,
你们去了,远远地前行;
坟墓要掷出你们的骨头,
天堂也要抛下你们的魂灵!

1844 年 11 月

反对国王

当人民还在幼年的时代,
就像爱好玩具的孩子,
他们做成了王冠和宝座——
多么辉煌灿烂的玩具。
他们给木偶戴上王冠,
又让它坐在宝座的上面。

这就是王国,这就是国王,
他高高地坐着,冲昏了头脑,
他想:"这一定是上帝的意旨。"
好国王啊,你完全错了。
你原是木偶,我们的玩具,
哪里是统治我们的主子?

人民成长了,幼年时代的
玩具,他们已不再想到。
从宝座上滚下来吧,国王啊,
也把你头上的王冠除掉!
如果你不——那么我们就动手,

把你摔下,一起连同着你的头。

绝没有别的下场。一把斧子
在巴黎的广场上将路易砍杀①,
这是暴风雨的第一道闪电,
它马上就要为了你爆发;
这个时辰马上就要降临,
我并不是它的第一次雷声。

那时,全世界变成一座森林,
国王们就是小鹿,四散飞奔,
我们拿着武器紧紧追去,
很愉快地向他们瞄准,
我们要用他们的血写在天上:
人民不是孩子了,已经成长!

1844 年 12 月

---

① 指法国大革命中法王路易十六于一七九三年被处死在断头台上。

一八四五年

我父亲的和我的职业

你老是吩咐我,亲爱的父亲;
要我追随你,要我继承
你的职业,做一个屠户……
可是你的儿子却做了文人。

你用你的家伙击牛,
我用我的笔和人们斗争——
我们做的是同样的事,
不同的只是那名称。

1845 年 1 月

匈牙利

你简直做不了一个厨师,
匈牙利,我亲爱的祖国!
你让一边的肉烧焦了,
还有一边却半生不熟。
有些你的幸福的公民
噎死了,因为吃得太丰富:
而你的很多穷苦的孩子
却饥饿着,走进了坟墓。

1845 年 4 月

黑 面 包

你在担心吗,亲爱的母亲,
因为你的面包那么粗黑?
你的儿子不在家的时候,
也许他有更白的面包吃。
这没有关系,你就给我吧,
母亲,无论它多么粗黑。
老家的粗黑的面包啊,
比哪里的白面包都好吃。

    1845年7月13日—21日之间

坟墓里安息着……

坟墓里安息着我的初恋的爱人,
我的痛苦像是月亮,在坟墓的黑夜中。
我的新的爱情升起了,像太阳一样,
月亮呢……就在这太阳的威力下消溶。

1845 年 8 月

我愿意是树……

我愿意是树,如果你是树上的花;
我愿意是花,如果你是露水;
我愿意是露水,如果你是阳光……
这样我们就能够结合在一起。

而且,姑娘,如果你是天空,
我愿意变成天上的星星;
然而,姑娘,如果你是地狱,
(为了在一起)我愿意永坠地狱之中。

1845 年 8 月 20 日—9 月 8 日之间

可爱的老酒店主人

这美丽的平原离山太远了,
假如要看山,就得走很多的路,
我很满意地在这里生活着,
日子是过得又高兴,又幸福。
我住在这乡下的冷清的酒店里,
只有几个晚上才有点儿嘈杂。
酒店主人是一个可爱的老头子……
上帝要用两只手来祝福他!

我住着、吃着、喝着,不用花钱,
哪儿的招待都比不上这儿的好。
我用不着等谁,吃我的午饭,
别人却要等着我,当我来晚了。
可惜的是:那一位老酒店主人
有时候要跟他的老婆吵架;
可是吵过了架,马上又和解了……
上帝要用两只手来祝福他!

我们有时谈起过去的日子,

他多么幸福啊,在从前的时候!
屋子、花园、田地、金钱,他什么都有,
他也几乎记不清有多少马和牛。
骗去他的金钱的是奸诈的骗子,
卷去他的屋子的是多瑙河的浪花;
可爱的老酒店主人就此穷了……
上帝要用两只手来祝福他!

他的生命的太阳已近黄昏,
到了这个时候,人只希望安静,
但是,可怜的他却遭到了厄运,
恰在这时候给了他痛苦和不幸。
他整天工作,也没有安息日,
睡得很迟,起得很早,也没有闲暇;
我真可怜这可爱的老酒店主人……
上帝要用两只手来祝福他!

我安慰他,说他的运气还会变好,
他却摇着头,一点也不相信我。
"对呀,"他说,"我的运气会变好,
等到我的脚跨进了我的坟墓。"
我十分难受地将他拥抱着,
在他的脸上——我的眼泪流下,
这可爱的老酒店主人正是我的父亲……
上帝要用两只手来祝福他!

1845年8月20日—9月8日之间

论　价

嘿,牧羊人,穷苦的牧羊人!
看,你看这满袋的黄金;
我就用这买下你的穷苦,
不过还得添上你的爱人。

"就算这数目只是定钱,
你还要加上一百倍黄金,
你还要再给我整个世界,
我也决不放弃我的爱人!"

1845 年 9 月 25 日—26 日之间

牛　车

这故事并不发生在佩斯①。
那里不会有这样的浪漫故事。
可敬的、高贵的伙伴们,
他们走了,坐上了车子。
坐上车子走了,这是牛车。
是四头牛拉着的车子。
四头牛的车子沿着大路,
慢慢地、一步一步地走去。

明朗的夜晚,月光照着;
惨白的月儿在细碎的云中来去,
好像是在墓地上寻找着
丈夫的坟墓的年轻妻子。
那微风商人经过邻近的草地,
从小草那里贩来甜甜的香味。
四头牛的车子沿着大路,

---

① 佩斯,匈牙利首都。一八七二年以前,布达佩斯原为两个独立的部分,即布达和佩斯。

慢慢地、一步一步地走去。

那些伙伴中间也有我,
我和爱尔齐卡①坐在一起,
伙伴们中间别的人们
聊着天,唱着歌,随心所欲。
我幻想着,对爱尔齐卡说道:
"不拣一颗星吗,为我们自己?"
四头牛的车子沿着大路,
慢慢地、一步一步地走去。

我幻想着,对爱尔齐卡说道:
"不拣一颗星吗,为我们自己?
那颗星会领导着我们
到达过去的幸福的回忆,
假如命运使我们分离。"
我们拣了一颗星,为我们自己。
四头牛的车子沿着大路,
慢慢地、一步一步地走去。

     1845年9月26日—10月7日之间

---

① 爱尔齐卡,匈牙利的女子名。

匈牙利的贵人

祖传的宝剑挂在墙头,
血污已经成了铁锈,
不再像是灿烂的明星。
因为我是一位贵人!

无须工作,欢乐地度日,
这就使我的心十分满意。
劳动只是农夫的本分。
因为我是一位贵人!

你,农夫,把路好好修筑,
是你的马拉着我走路。
我却再也不能步行。
因为我是一位贵人!

我不要学者的头衔,
他们都是一些穷光蛋。
我决不胡乱写字,作文。
因为我是一位贵人!

讲到学问,至少有一桩
胜过别人,我最擅长:
就是关于吃、喝的本领。
因为我是一位贵人!

我也不必纳税完粮,
我在我的田地上徜徉,
可是债却欠了一身。
因为我是一位贵人!

假如祖国遭到了灾难,
我若无其事,一概不管。
黑暗之后一定有光明。
因为我是一位贵人!

老屋中弥漫着烟气,
我吐出了最后的呼吸,
天使马上带我到天庭。
因为我是一位贵人!

> 1845年9月26日—10月7日之间

希 望

希望是什么?……是可怕的妓女,
无论谁,她都一样拥抱。
等到你牺牲了无价之宝——
你的青春,她就将你丢掉!

  1845年10月16日—11月25日之间

一八四六年

疯 人

……你们为什么麻烦我？
你们滚开吧！
我的工作很忙,我得赶快！
我用太阳的光线编成火焰的鞭子,
我要用它来鞭打全世界！
他们要叹气了,我就大笑,
正如我叹气的时候,他们大笑。
哈哈哈！
人的生活就是这样。
我们笑,我们叹气,
一直到死神说着:安静！
我也曾死过一次。
他们喝干了我的酒,
又倾下毒药在我的水里。
这些凶手怎么办,
才可以遮掩他们的罪孽？
当我在死床上躺着,
他们哀哭着扑到我身上。
我只想跳起来咬掉他们的鼻子,

可是,我不咬了,我想。
让他们有鼻子,可以嗅,
假如我要腐烂,让他们窒息!
哈哈哈!
他们葬我在哪里?
在非洲。这却是大幸!
那里有狼狗将我扒出。
它正是我唯一的恩人,
可是我连它也欺骗。
它要吃我的大腿,
我却给了它我的心。
这太苦了,它吃了就送命……
哈哈哈!
可是徒然,人的恩人,
他们的命运常常这样。
人是什么?他们说,
他是一枝花的根,花在天上开放。
然而这正是谎话。
人却是那样的一枝花,
它的根在地狱下面生长。
一位贤人这么告诉我。
他是愚蠢的贤人,因为他饿死了。
为什么他不偷,为什么他不盗?
哈哈哈!
我只像疯人似的笑着,
虽然我应该哭了,

哭着这样罪恶的世界!
上帝也常常用云的眼睛
为了他所创造的一切而哭。
可是,天的眼泪有什么用?
它落在肮脏的地上,
人类的脚就将它践踏。
天的眼泪成了什么?
它只成了……泥巴!
哈哈哈!
天,天,年老的退伍兵!
看,在你胸前的勋章:太阳,
看,你的制服,褴褛的制服:云,
哼,对于退伍的年老的军人,
报酬他多年的服务,
只有勋章和褴褛的衣服。
哈哈哈!
你可知道,在人类语言中的意义,
假如一只鹌鹑叽叽啾啾,
它的意义是:远避女人!
女人引诱男人,
正如大海将小河引诱;
为了什么?为了吞下。
雌的动物很美丽,
美丽极了,可是危险:
金杯之中的毒酒。
爱情啊,我喝,我喝过你!

只要你的一滴,
就比纯是甜蜜的大海更甜;
只要你的一滴,
就比纯是毒药的大海更危险!
你们见过大海吗,
那时候狂风将它耕着,
撒下了死亡的种子?
你们见过风暴吗,
一个棕黑色的农夫,
手里拿着电刺?
哈哈哈!
假如果子成熟了,就从树上落下。
大地呀,你正是成熟的果子,
所以你得落下!我一直等到明天,
假如明天,还未到最后审判,
我就要掘到大地的中央,
在那里放下了炸药,
我要炸掉这世界,
它就在空中飞扬……哈哈哈!

          1846 年 1 月

仙 梦

我是在奔流的河上的船夫。
汹涌着的波浪,跳舞着的帆船,
像是发怒的保姆用力地、
粗暴地摇荡着她的摇篮。
命运哪,生命的发怒的保姆!
你摇着我,在我的小船中,
你向我推来了失去平静的
热情,正如一阵阵的狂风。

我倦了,哪里是停泊的河岸?……
或者,哪里是无底的深渊?
总是一样安静:假如船破了,
它就沉下了,在海底长眠。
但我前面:没有河岸,没有深渊,
只是永远的漂泊,永远的流浪;
波浪颠簸着我,我梦想着停泊……
不在那一世界,不在河岸上。

怎样的声音,怎样的天的声音

混合了波浪的汹涌奔腾?
是不是,自由的灵魂罪满了,
他就从地狱向天国飞升?……
看,白鹄在我上面的高空飞翔,
是白鹄之歌,歌声多么甜蜜——
啊,缓缓地飞翔,久久地歌唱,
临终的白鹄,美丽的回忆!……

我不再是孩子,也还不是青年。
正当人生最美丽的时光,
恰似那一刻,从晨曦的天空,
半垂着黑夜的帏帐。
在我心头,一边是黑暗,
一边却像是闪烁的火星,
受了初升的太阳的射击:
升起了希望,升起了热情。

从热情中,希望立刻萌芽,
从希望之芽上,又立刻抽穗;
也许这只因我的愿望不奢,
我但愿在友人的胸上安睡。
忠诚的是友人,那时候
还不曾孵化"自私自利"——
那不息地咬啮着的虫豸,
在忠诚的友谊的花园里。

他是忠诚的;我们一起喝着
幸福的时光的甜美的酒杯,
我热情地在狂醉中飞过世界,
像巨鹰一样向太阳高飞。
在飞行中:一切都属于我了!
在富丽的天鹅绒的榻边,
我低下了头,在我头上,
照耀着光荣的星的王冠。

我幻想着如此光荣的未来,
我相信这是真实,并不是幻梦……
看,我用世界装满了我的心,
我觉得渐渐扩大了,在我胸中;
是心扩大了,还是世界缩小了?
我不知道,可是我觉得这样:
我的胸中有一个窟窿,
在我胸中最热烈的地方。

这窟窿一天一天地生长,
灵魂也因此不能飞去,
它怕要陷落了……以前在狂欢中
被热爱的一切都无情无绪。
我不要宝藏,也不要光荣,
它们的光辉已变成昏黄,
它们苍白了,正如天空
用旧了它的星星的面网。

我不再要什么,连朋友也不要,
我觉得自己是负担和厌倦,
像是有幽灵将我迫害,
我跑了,逃出生命的混乱。
去寻找寂寞沉静中的家,
我跑到了森林的深处……
在这寂静中,啊,怎样的人影,
围着我轻盈地、飒飒地飞舞!

来了这些仙女,从我的心头——
那发现不久的我胸中的窟窿,
仙女,正如童话里的一样,
模糊地保存在我的记忆中。
"停下!停下!"我热情地喊着,
"只要你们的一个停下!"我再喊,
"只要接一个吻的工夫!"
她们并不停下,幻象忽而不见。

我寻找她们,却什么也没有,
也不见她们走过的脚迹;
她们无影无踪地去了,
赛过空气,赛过风的呼吸。
她们是越去越远了,
我的眼前越来越朦胧:
在想象中,她们却越发明显,

我心头的渴望也越发虚空。
心头渴望着,我消瘦了,
同伴们都笑这苍白的孩子,
只有那个朋友不笑,他摇着头,
他的眼睛又显出了忧思。
"你这是怎么了?"我不回答;
真正的原因,我自己也不知道。
我渴了,喝水也不中用,
它不能熄灭我胸中的燃烧。

生命使我厌倦,它的一切美丽
对于我已经毫无价值。
我喊着:"向上去!向上去!飞到
我痛苦的心的仙女所在地!
到天上!也许焦渴不会燃烧,
假如我呼吸了同样的空气,
假如她们走了,我就跟着,
穿行过这整个的天体!"——

春天繁荣了。田野里也有彩虹,
快乐的彩虹——成千成百的花朵;
也许知道我已在死亡的路上,
这些花朵都忧郁地望着我。
我登上了最高的山巅,
我向着天空定睛凝望。
我望着它……我清楚地望着

无云的天,透明澄澈的穹苍……

看,幻想的人影中最美的一位,
她站在天上,动着嘴唇……
我分明看见她用手向我招呼,
我似乎听到她发出的声音。
"我来了!"我在岩石边喊着,
这里是黑黑的百里的深潭。
我跳了……可是一只手抓住了我……
又不觉摇动了我的决断。

我醒了……看,这光明的影子,
正是我刚在天上见过的那人,
站在我身边了。啊,我的感觉?
这感觉的甜美,难以说明!
我迷糊地这样沉思默想:
"难道大地和高天如此相近?"
一刻之前,我还在地上,
这时,却和天使同在天庭。

我只是想着,我不能说,
我害怕得一声也不敢响,
是呀,我只怕我一开口,
天堂就飞出了我的胸膛。
我抓住了我天使的手,
不让她幻影似的飞开,

我的手臂揽住她的腰身,
正如一根火热的腰带。

我望着她的辉煌的脸。
至今我还惊异,我的眼睛
竟能看见,当我凝视着
她的眼睛,喷着火焰的星星。
她的眼睛是暗蓝的星点,
眉毛是一双黑色的虹彩,
肩上飘荡着棕色的鬈发,
恰似玫瑰红的大海上的黑夜。

我终于壮一壮胆说着,
说起狂欢、天使、上帝的乐园。
可是,我杂乱无章地说着,
她一点也不了解我的语言。
她说:"我是姑娘,并非天使;
我们是在地上,并不是在天堂。
就在你刚要向深潭跳下,
我来救你了,在最紧要的时光。"

"就让我们在地上,"我回答,
"天上?地下?于我都不相干,
只要傍着你,在我爱人的身边;
哪儿有你,哪儿就有我的乐园。
你就同我坐着,啊,请你允许我,

让我将你紧紧地拥抱!
你是我的,是呀,我占有你,
因为你是我的幻想所创造。"

"你是谁呀?"她向我发问,
当我们坐下在岩石的顶上。
"我一向在忧郁地呻吟,现在,
这一吻使我死在你胸前。
姑娘,你再吻我,使我复活……
啊,看哪,我已经复活了!
因为你的吻,以前的呻吟
变成了欢笑,幸福的欢笑。"

她就吻我,并不要我恳求好久,
嘴碰着嘴了,随着我的恳求;
这嘴!这吻!……永远不息地接吻,
使我们不至于变成石头!
吻哪,吻哪!这比蜜更甜,
这比母亲的乳汁更美;
我从那时起才生活着,在接吻中,
我感觉到,灵魂在体内飞回。

"看一看周围,"在接吻后她说,
"这是真的吗?一切都改变了!
我不知道:怎么,为什么,
高天和大地都改变了面貌。

这时候,树荫更新鲜了,
天更青了,太阳更辉煌,
风更芬芳,玫瑰更红艳……
啊,我像是到了别的世界上!"

"是呀,世界变样了,"我回答,
"它改变了,或者只是我们改变?
嘿,祝福和欢乐已成了事实,
怎样改变,与我们无关!"
我们心心相印地交织着
这玫瑰色花边似的谈话,
当我们从幻想中醒来,
看哪,太阳正渐渐地落下。

黄昏了。太阳在金黄的云朵上
飞着,落在紫色的西山后面。
在干燥的大海——无边的平原上,
烟霭已经遮掩了天边。
岩石,像是御座上紫色的垫子,
也变红了,闪着最后的光辉。
这正是御座,我们坐在上面:
幸福的王和后,年轻的一对。

"再见!"我们的眼睛说着;
并不忧愁,只感到光明的愉快!
黑夜是我们的,像死人占有坟墓,

坟墓的那边正是更美的世界。
我们不曾约定：明天再来，
然而我俩却都准时到临，
整个春天，我们手握着手，
心印着心，嘴唇贴着嘴唇。

整个夏天，我们就是这样生活。
每天都像是一朵鲜花，
从奥林帕斯①的神桌上的
芬芳的花环上摘下。
可是，它们已经凋谢了；
徒然望着枯萎的花萼，有什么意思？
从美丽的时光的乐园，飞出吧，
我的临终的白鹄，忧郁的回忆！

秋天来了：它什么也不怜悯，
大自然的残酷的暴君。
那些可怜的树木的枝叶，
它撕掉、掷下、践踏、蹂躏。
它也蹂躏了我们的快乐；
毁灭的狂风将我们吹散，
这是离别，从我们的脸上，
它也撕掉美丽的玫瑰花瓣。

---

① 奥林帕斯，希腊神话中诸神所在之地。

我们永不再见地离别了。
是黑暗的秋天的黄昏,
在暗雾中,用了含泪的眼,
我最后绝望地将她搜寻,
我飞跑着,顾不了荆棘的刺,
都流血了,我的手和我的脸……
我孤儿似的跑着,像是陨星,
从天空一直落下,到了人间。——

我的手和脸都复原了,
复原了,那荆棘留下的伤痕,
心上的伤痕也已经复原,
离别就是这伤痕的原因;
然而,比这些伤痕更痛苦的,
却是:我正渐渐地忘怀
你的幻想世界的天堂的幸福,
啊,仙梦,啊,第一次恋爱!

1846 年 2 月 20 日

记忆呀……

记忆呀!
我们的破船的最后的碎片,
大风和巨浪的掀腾,
将它推上了海岸……

1846 年 3 月 10 日以前

悲哀？是大海

悲哀？是大海。
快乐？是大海里的珍珠。
当我将它从大海里捞出，
也许就在中途毁灭。

    1846 年 3 月 10 日以前

你吃的是什么,大地……

你吃的是什么,大地,你为什么这样渴?
你为什么要喝这样多的眼泪,这样多的鲜血?

1846 年 3 月 10 日以前

我 的 歌

意外的思想常常梦幻地
穿过我的灵魂,蜿蜒地飞来,
我幻想着经过了高山、大谷,
经过了祖国和整个的世界。
我的歌啊,它在这时辰,
像是月光,那幻想的心。

不要再生活于幻想的世界,
需要的是为未来的生活,
关心,烦恼……嘿,为了什么?
仁爱的上帝一定会关心我。
我的歌啊,它在这时辰,
像是蝴蝶,那轻松的心。

假如遇到了微笑的姑娘,
我就把一切的忧愁放进荒坟,
我沉没在澄澈的眼波中了,
像星星映在明镜一样的湖心。
我的歌啊,它在这时辰,

像是玫瑰,那恋爱的心。

她爱我了? 我快乐地喝着,
假如不爱? 我也悲哀地喝了。
这里是杯子,杯子里是美酒,
我的心头就充满了欢笑。
我的歌啊,它在这时辰,
像是彩虹,那沉醉的心。

但是,我的手举起杯子的时候,
大众的手却锁着铁链,
正当杯子叮当地唱和着,
铁链却咬牙切齿地诉怨。
我的歌啊,它在这时辰,
像是黑云,那忧郁的心。

但是,奴隶之群为什么忍受着?
为什么不反抗,不扭断那铁链?
只是等着,等着,上帝的恩惠
难道能够把手上的铁链锈断?
我的歌啊,它在这时辰,
像是雷电,那愤怒的心!

1846 年 4 月 24 日—30 日之间

人 民

一只手扶着犁头,
一只手把刀举起,
这是我们的穷苦人民,
他流了很多的血和汗,
一直到死。

为什么他要这样流汗?
他所需要的
只有吃和穿;
但土地就能够
给他生产这一切。

假如敌人来了,他为什么要流血?
为什么要把他的刀举起?
为了保卫祖国吗?……是啊!……
哪里有权利,哪里才有祖国,
可是,人民的权利在哪里?

      1846年6月—8月之间

夜莺和云雀

啊，你们这些月亮的崇拜者啊！
你们歌唱
那腐烂的巨浪
卷走了的旧时代，
要歌唱到什么时候才停歇？
你们建立在废墟上的老巢，
要到什么时候才毁掉？
你们在那里同茶隼和枭鸟
比赛着谁的歌喉美好！
这样的歌是多么凄怆啊！——
他们依然歌唱着不息①，
而且在他们的眼睛里，
不是热情的火焰在燃烧，
就是苦恼的眼泪滚滚地流着。
虚伪的热情，怯懦的眼泪！
这些，谁也不向他们感谢。——

﹏﹏﹏﹏﹏﹏

① 自这行起以下六行，所谓"他们"，依然指"你们"，"月亮的崇拜者"，就是"夜莺"；本篇用以指歌颂过去和黑暗的诗人。

歌颂着过去的你们,
你们可知道自己是什么人?
盗墓者啊!
盗墓者啊!
从它的墓中你们掘出来
那僵死的时代,
又出卖了它,去换取
你们的月桂冠。
我不羡慕你们的花圈,
它发霉了,有着腐烂的尸体的气味!

人类在受罪,遭难,
地球是一所庞大的病院,
热病在不断地践踏,
有整整的一个国家
已经成了它的牺牲,
还有别的国家也昏昏沉沉;
谁敢肯定地说明:
这些民族将在什么地方苏醒,
在这一世间呢,还是那一世间?
梦又很短促呢,还是永远?——
但是在这样的灾难中,
上天并没有忘记他的儿子,
在苦难中的我们,他很怜惜,
给我们派来了一个医生,
他已经在路上,不久一定到达,

我们的刽子手还来不及发觉他。——
我的七弦琴弹奏出的
一切歌和声音都属于你，
你鼓舞着我，
我为了你才下泪，哀哭，
我向你欢迎，
你，为病魔缠扰的人类的医生，
你呀，你就是未来！
……

而你们这些来得太晚了的歌者，
闭口吧！
闭口吧，
即使你们的歌声
像是夜莺，
能使人心碎，又能疗治心疼。
夜莺是只黄昏鸟，
可是黑夜已经走到头了，
眼看就来了黎明；
现在，世界的需要
正是云雀，
而不是夜莺。

1846 年 9 月初

云正低低地压下……

云正低低地压下,
秋天的雨在树上飘洒,
树叶也落下来了,
夜莺却还在歌唱着。

时候是已经不早。
我的爱,你可曾睡着?
你可曾听见夜莺,
夜莺的痛苦的歌声?

急雨不断地下降,
夜莺却还在歌唱。
谁听到它的痛苦的歌声,
谁也就会对它同情。

姑娘啊,如果你还醒着,
这小鸟的歌声,你且听着;
这小鸟正是我的爱情,

是我的叹息着的灵魂!

1846年10月1日—7日之间

你爱的是春天……

你爱的是春天,
我爱的是秋季。
秋季正和我相似,
春天却像是你。

你的红红的脸:
是春天的玫瑰,
我的疲倦的眼光:
秋天太阳的光辉。

假如我向前一步,
再跨一步向前,
那时,我就站到了
冬日的寒冷的门边。

可是,我假如退后一步,
你又跳一步向前,
那,我们就一同住在

美丽的、热烈的夏天。

1846 年 10 月 7 日—10 日之间

我渴望着流血的日子……

我渴望着流血的日子,
它会将旧的世界毁灭,
在那过去的废墟上,
建设起崭新的世界。

快要响了,快要响了,
战争的光荣的军号!
我渴望着,不久听到
那作战的高声大叫。

那时,我高兴得跳起了,
跳上了战马的马鞍!
就一起向战场跑去,
欢快地,到了战士们中间!

假如我的胸膛流血了,
有人会来到我的身旁,
用了芬芳的吻的香膏,
她治愈了我的创伤。

假如我失掉了自由,
有人会来到监狱里面,
她用了星星似的眼珠
给我驱逐了黑暗。

假如我死了,假如我死了,
无论在刑场,无论在战地,
她就用了她的眼泪,
洗掉我的尸体上的血迹!

      1846 年 11 月 6 日

小树颤抖着……*

小树颤抖着,
当小鸟在上面飞。
我的心颤抖着,
当我想到了你,
我想到了你,
娇小的姑娘——
你是最大的金刚石,
在全世界上!

多瑙河涨水了,
也许就要奔腾。
我的心也一样,
抑制不了热情。
你爱我吗,我的玫瑰①?
我真正爱你,
你爸爸妈妈的爱,

---

* 本篇的形式采用民歌,用语也非常大众化,极为匈牙利人民所喜爱,已经译成六十种以上的外语。
① "我的玫瑰"在民歌中就是"我的亲爱的"。

也不能和我的相比。

我知道你爱过我,
当我们在一起。
那时是火热的夏天,
现在是冰冷的冬季。
即使你已不爱我,
愿上帝祝福你,
但如果你还爱我,
愿他一千倍祝福你!

1846 年 11 月 20 日以后

灵魂永远不死……

灵魂永远不死,
也并不离开人世,
它存留宇宙之间,
它又传遍大地。
譬如,我记得,
在罗马,我是开西乌思①,
在瑞士,是威廉·退尔②,
在巴黎,是卡米列·德慕朗③……
也许能是什么人,在这里④。

1846 年 11 月 20 日以后

---

① 开西乌思,罗马的共和主义者,与布鲁塔斯同谋,杀死罗马的"狄克推多"恺撒。他于公元前四十二年自杀。
② 威廉·退尔,十四世纪时传说中的瑞士爱国者。
③ 卡米列·德慕朗(1760—1794),法国大革命时期著名人物之一。
④ 作者指自己的祖国。

这在我是可怕的思想……

这在我是可怕的思想:
假如一定得死在床上!
像一朵花,慢慢地凋谢,
有小虫在它心头咬啮;
像一支烛,久久地燃烧,
在教堂之内,寂寞无聊。
那样的命运,我不愿意,
不要让我那样死,上帝!
我情愿是大树,任闪电
和狂风将它击穿,吹断;
我情愿是峥嵘的岩石,
轰轰地倒下在山谷里……
假如所有的奴隶的民族
起来反抗了,向战场前去,
红红的脸,红红的旗,
旗上是这些神圣的字:
"全世界的自由!"
它要在全地球
咆哮着,作一百次的血战,

这血战是给暴君的审判：
那时候，让我死亡，
在这样的战场上，
我的心血就在那里流尽，
胸前也响着最后的欢声，
热烈的骚动，钢铁的玎玲，
喇叭的吹叫，大炮的轰鸣，
有战马一群群，
在战场上飞奔，
报道这光荣的胜利，
我却在马蹄下安息。——
那里是我的尸体，收拾在一起，
到了举行伟大的葬仪的日子，
在那时候，唱着挽歌，又盖着战旗，
神圣的全世界的自由啊！为了你
牺牲生命的那些英雄，
都送到共同的坟墓中。

1846 年 12 月

一八四七年

自由,爱情

自由,爱情!
我要的就是这两样。
为了爱情,
我牺牲我的生命,
为了自由,
我又将爱情牺牲。

1847年1月1日

啊,人应当像人……

啊,人应当像人,
不要成为傀儡,
尽受反复无常的
命运的支配。
命运是只胆小的狗;
勇敢的人一反抗它,
它就马上逃跑……
所以你不必怕!

啊,人应当像人,
不在于用你的嘴,
比任何狄摩西尼[①],
事实是说得更美。
建设或是破坏,
而后需要的是沉默,
暴风雨做完了工,
也就在那里隐匿。

---

① 狄摩西尼(约前384—前322),伟大的希腊演说家。

啊，人应当像人，
实行自己的信仰，
勇敢地、正当地声明，
连流血也无妨。
坚持你的主义，
主义重于生命；
宁愿生命消失，
只要声誉能够留存。

啊，人应当像人，
不要一味依赖，
不要为世界的财富，
把你的独立出卖。
为一口饭出卖自己，
谁都可以轻视，
这是可贵的格言：
"穷苦而独立！"

啊，人应当像人，
力量和勇敢
使你能够对人们，
对命运作战。
你要像一棵槲树，
大风将树根吹折，
然而巨大的树干

却永远挺直。

1847 年 1 月

宫殿和草棚

宫殿啊，你为什么骄傲？
是不是倚仗主人的势焰？……
他的身上所以有宝石，
是要将他赤裸的心遮掩。
他的仆人给他挂上的璎珞，
你且把它一齐扯下，
你就看不出他是上帝的创造，
剩下来的是多么贫乏。

你主人哪儿弄来这些宝石，
使他从一无所有变成了富豪？
那就是老鹰抓到小鸟的地方，
它养肥了自己，撕碎了小鸟。
老鹰愉快地大吃大喝，
但邻近的树丛中的鸟窠里，
雏鸟们却在等待着它们的
再也回不来的母亲，哭哭啼啼。

你得意的宫殿，夸口吧，

夸口你偷来的宝石的光彩,
发光吧,可是你不会久久闪耀,
你的末日就要到来。
我还希望很快地看到,
看到你的毁坏了的废墟,
废墟下你的不中用的
居民的破碎的骸骨!——

高大的宫殿近旁的草棚啊,
你为什么这样地朴素?
你为什么躲在树叶后面,
是不是为了掩藏自己的穷苦?
让我进来,又小又黑的屋子;
漂亮的衣服,我不需要,
我要美丽的心……在黑暗的
屋子里,光明的心,可以找到。

我所经过的台阶是神圣的,
神圣的是草棚的台阶!
许多伟人就从这里出生,
上帝也送救世主到这里来。
愿意为世界而牺牲自己的,
都是从草棚出来的人物,
然而人民到处遭受的
依然还是轻视和穷苦。

不要怕,穷苦的好人们!
你们有的是幸福的时候;
如果过去和现在不属于你们,
无尽期的未来却为你们所有。——
我跪下了,在狭窄的
小屋的屋顶之下诉说:
你们的祝福,你们给了我;
我也给你们,我的祝福!

1847 年 1 月

狗 之 歌

在沉重的黑云之下，
狂风咆哮不息；
冬天的双生子，
雪和雨不停地打击。

这却与我们无干。
我们伟大的好主人，
在厨房的角落里，
宠爱地留下我们。

我们无须怕饿肚子。
就在他饱餐之后，
一切都是我们的——
那盘子上的残留。

真的,也很有几次，
噼啪地响着皮鞭，
痛苦的噼啪,可是，
狗皮却容易复原。

等到愤怒过去了,
主人又喊着我们,
带着快乐的心情,
我们又舔他的脚跟!

1847 年 1 月

狼 之 歌

在沉重的黑云之下，
狂风咆哮不息；
冬天的双生子，
雪和雨不停地打击。

我们毫无防御，
在赤裸的沙漠之中；
我们毫无隐蔽，
也没有树枝的帐篷。

我们身内有饥饿，
我们身外有寒冷，
我们的这两位暴君
凶狠地赶着我们；

那里——还有第三位：
就是枪的射击。
我们的血流下了，
鲜血染红了雪地。

我们又冷又饿,
呜呜地喊着不幸,
枪弹打中了……可是,
我们有自由的生命!

1847 年 1 月

致十九世纪的诗人

谁也不能再轻飘飘地
弹奏着他的和谐的歌!
谁要是拿起了琴来,
谁就担任了极重大的工作。
假如心头只能歌唱着
自己的悲哀和自己的欢笑:
那么,世界并不需要你,
不如把你的琴一起摔掉。

我们在沙漠上流浪着,
像摩西领导着以色列人,
上帝送来了发光的火柱,
他们在火柱的光中前进。
现在,上帝又送来了诗人,
也像发光的火柱一般,
让他们领导着大众走去,
离开了沙漠,向着迦南①。

---

① 摩西带领以色列人逃出埃及,往迦南去,上帝用火柱光照他们,见《旧约·出埃及记》第十三章。

那么,谁是诗人,谁就得前进,
千辛万苦地和人民一起!
谁就要被诅咒,要是
他竟丢开了人民的旗帜,
谁就要被诅咒,要是
他害怕或者偷懒,落在后面,
他只想在树荫下休息,
人民却正在斗争,出力,流汗!

那些正是假冒的先知,
他们恶意地、虚伪地欺骗,
说道:"停下!我们已经
一起到达了这地上的乐园!"
撒谎,毫无理由的撒谎!
看哪,有几千万人的抗争,
流着汗,努力地挣扎着,
在绝望和迫害之下求生。

假如从那丰满的篮子中,
大家都能一样地采取;
假如在权利的桌边的座位,
大家都能一样地占据;
假如精神的光也一样地
把所有的房子的窗户照遍:
那时我们就可以说:"停下!

看哪,这儿正是迦南!"

可是,终于不能停下,
需要的是奋斗和热情。——
生命也许终不能报偿
我们所努力干了的工程,
但是,死亡让我闭了眼,
有甜蜜的欢乐和温柔的吻,
躺在丝垫上,献着花圈,
在坟墓中安葬了我们。

       1847 年 1 月

给奥洛尼·雅诺士[*]

我把我的心灵献给多尔第的作者,
且让我拥抱你,让我向你庆祝!……
我读了,朋友,我读了你的作品,
我的心头充满了无限的欢乐。

假如我的心灵接近了你,又使你燃烧;
这不是我的错处……是你先使它燃烧了!
你从哪里得到那么多的美好、绮丽,
使你的这作品这样地辉煌、闪耀?

你是谁呀?你正像是火山一样,
从那深深的海底突然地出现。
别人只能获得桂冠上一片片叶子,
对于你,却应当献给整个的桂冠。

谁是你的老师?你在哪里求学?

---

[*] 奥洛尼·雅诺士(1817—1882),匈牙利大诗人。他的长篇叙事诗《多尔第》(*Toldi*)出版于1847年,裴氏很爱这部作品。

弹奏你的琴正是艺术家的手腕。
在学校里,谁也不能学到这些,
这无须多想……教会你的只有大自然。

你的歌,像草原上的铃铛一样单纯,
而且也一样清新,像草原上的铃铛,
它的玎玲声响遍了整个草原,
世上的嘈杂阻止不了它的声浪。

那正是真正的诗人,他让他心头的
上天的甘露,滴到人民的口中。
穷苦的人民!他们的眼界被遮着,
从乌云的间隙里,望不见天空。

假如谁也不来减轻他们的痛苦,
我们诗人就来安慰他们,为他们歌唱,
让我们的每一首歌都是一次慰问、
一个甜蜜的梦,在他们的太硬的床上!——

在我的头脑里有着这样的思想,
当我走上诗人的神圣的山的时候;
我那并非不光荣地开始了的东西,
你就十分光荣地继承下去,我的朋友!

        1847 年 2 月

我是匈牙利人

我是匈牙利人。我的祖国
是五大洲中最美丽的地方。
它别有天地。在它富裕的土地上,
有数不清的无尽的宝藏。
那里有山峰,那高高的山峰
望得见加斯比湖①的波澜,
它那里有平原,广漠的平原
伸展着,像在寻找地球的边缘。

我是匈牙利人。我的性格严肃,
恰似我们的小提琴的低音;
微笑常常飞到我的唇边,
可是很少听到我的笑声。
当我非常兴奋了的时候,
我会在最愉快的情绪中哭泣;
但当我苦闷着,我就露出了笑容,
因为我不需要别人的怜惜。

---

① 加斯比湖,就是里海;它原是欧亚二洲之间的咸水湖。

我是匈牙利人。在过去的大海上，
我骄傲地看到了，我看着
那高高地耸立天空的礁石，
你的伟绩，我英勇的祖国！
在欧洲的舞台上，我们表演过
也并不算很坏的角色；
世界很害怕我们的出鞘的宝剑，
正像孩子们害怕黑夜的电击。

我是匈牙利人。匈牙利人现在是什么？
他是死去的光荣的黯淡的幽灵：
他刚刚出现，可是钟声一响，
他又回到了洞穴，不见踪影。
我们多么沉静！连我们的近邻
也一点听不到我们的声息。
甚至于我们的同胞的兄弟
也给我们准备了耻辱的丧衣。

我是匈牙利人。我的脸羞红了，
我应该惭愧，因为我是匈牙利人！
别的地方已经阳光普照，
我们这里黎明却还没有降临。
然而，纵使世界给我珍宝和荣誉，
我也不愿离开我的祖国，
因为纵使我的祖国在耻辱之中，

我还是喜欢、热爱、祝福我的祖国!

1847年2月

蒂 萨 河[*]

夏天的薄暮,夕阳西下,
我逗留在弯曲的蒂萨河旁,
那里,小杜尔河①正向它扑去,
像是孩子扑向妈妈的胸膛。

河水是那么平静,安闲,
在没有堤岸的河道中蜿蜒,
它不愿让太阳的光线
倾跌在它的波纹之间。

在平静的水面,红色的光辉
正在跳舞(像许多仙人),
听得见她们的铿锵的脚步,
恰似小巧的马刺的声音。

我站在一片黄沙的地毯上,

---

[*] 蒂萨河是匈牙利的大河,多瑙河的主要支流,十九世纪中叶以前时有水患。
① 杜尔河是蒂萨河的支流。

它还向着大草原伸去,
那里有一行行收割的草堆,
像是书本中一行行的字句。

通过草原,肃静地矗立着
高大的森林,林中已经昏暗,
夕阳掷下炭火在它的头顶,
它的血液又在燃烧,又在循环。

在那一边,在蒂萨河对岸,
丛生着榛树和金雀花,
稠密的树枝间有一个空隙,
望见远远的村中教堂的尖塔。

玫瑰红的云朵在天上浮游:
像是幸福日子的美的回忆,
从遥远的那方,透过迷茫的雾,
马尔洛斯高峰①正向我凝视。
没有声音,在庄严的静默中,
偶尔听到了小鸟的啭鸣。
远远的磨坊的轰隆的转动
却只像是蚊子的嗡嗡。

在那边,就在我的对面,

---

① 马尔洛斯高峰是喀尔巴阡山脉的一高峰,在匈牙利的东北。

来了个提着水瓶的年轻农女。
一直到水瓶里灌满了水,
她尽注视着我,然后她走去。

我站在那里,一声不响,一动不动,
好像我的脚已经在地上生根。
这大自然的永恒的美丽
甜蜜地、陶醉地迷住了我的灵魂。

大自然啊,光荣的大自然啊!
有什么语言敢和你相比?
你是多么伟大! 你愈沉默,
你就说得愈多,愈美丽。——

我回到田庄,夜已经深了,
把新鲜的水果当作晚餐。
我和我的伙伴们久久地谈着,
旁边燃烧着树枝的火焰。

在谈话中,我对他们说道:
"可怜的蒂萨河,究竟为的什么,
你们骂它,说了它许多坏话?
它实在是世界上最平静的河。"

几天之后,在我半睡不睡中,
警钟的声音唤我醒来。

只听到"大水来了,大水来了!",
我向外面一望,就望见了大海。

蒂萨河奔腾着穿过草原,
像是狂人挣脱了镣铐,
它呜呜地,轰轰地冲破了堤岸,
它要把整个的世界吞掉。

       1847年2月

风

今天,我是温和的风,轻柔地低语着,
不断地穿行于青翠的田野之间,
花蕊的嘴唇爱恋地接受了我的吻,
在这甜蜜的、热烈的吻上流连。
"开花吧,哦,春天的美丽的女儿,
开吧,开吧!"——我的温柔的、沙沙的声响。
她们就赤裸着,带着可爱的娇羞,
我也幸福地晕倒在她们的胸上。

明天,我是尖锐的噪声,凶猛地吹着,
我吓倒了树枝,它在我面前打战,
它知道在我的手中有一把刀子,
这锋利的刀口一定要将它斩断。
"嘿,愚蠢的、轻信的姑娘,凋谢吧!"
我在苍白的花朵的耳边嘶叫。
她们就凋谢了,落在秋天的胸前,
我向她们残酷地、冷冷地嘲笑。

今天,比平静的河水的流行更缓,

我安静地、和平地在空中飘游,
假如有从田野回家的倦了的蜜蜂,
那么,只有它才知道我的存留;
假如那蜜蜂正在努力飞行,
载着重负,为了蜜的储藏,
于是我就将那虫儿放在我的掌中,
再使它更轻快一点地飞翔。

明天,是呼呼地怒吼着的狂风,
我咆哮着跨过大海,骑着野马,
像老师对于顽皮的孩子一样,
我摇着那大海的青色的鬈发。
假如我见到一只船,我就狂怒地
撕碎了它的闪耀的帆,它的翅膀,
我用桅杆在波浪上写着它的命运:
它再也不能安息地藏身于海港!

1847 年 2 月

以人民的名义

人民还在要求什么,快给他们!
你们难道不知道人民是多么可惊?
假如起来了,他们就不再要求,而要夺取!
你们难道不曾听到过多饶·乔治①这姓名?
你们在灼热的铁的御座上烧死了他,
然而永远不能烧死他的精神,
因为它本身就是火——留意:
这火焰还要来消灭你们!

以前,人们的要求光是吃饭,
因为那时候只像牛马似的;
但是终于从牛马变成了人,
人却一定要有人的权利。
把权利——人的权利给人民!
没有权利的上帝的儿子,
恰如被打上最可恶的烙印,

---

① 多饶·乔治是一五一四年匈牙利伟大的农民起义的领袖,革命失败后,他被捕了,就在灼热的铁制的御座上活活烧死。他在受刑时表现了英勇的精神。他的名字也就成为革命的象征。

而打这烙印的人也逃不了上帝定罪。

为什么只有你们有权利？
为什么你们有这样的特权？
你们的祖先夺取了这土地，
但这土地上却流着人民的汗。
单说"矿在这里"：有什么用！
必须用手来将它挖掘，
终于露出了黄金的矿脉……
然而这手呀，却一无所得！

你们只骄傲地高声喊着：
"祖国和权利都属于我们！"
我问你们，你们怎么办，
假如来了向我们进攻的敌人？……
这问题多么愚蠢！我很抱歉，
我几乎忘了你们在佐尔①的勇敢的表现。
你们要在什么时候造纪念碑，
替那些英勇的逃跑的腿来一个纪念？
给人民权利，"人类"这伟大、神圣的名字，
向你们要求，给人民权利，
"祖国"也这样要求，因为祖国
假如没有新的栋梁，也就要崩溃。

---

① 佐尔是匈牙利的城市。一八〇九年匈牙利贵族的军队帮助奥地利与拿破仑作战。这一次战争不是为了保卫祖国，而是为了封建土豪的利益。结果是这些贵族在佐尔大败逃跑了。本篇正是对于贵族的最后警告。

宪法的玫瑰花属于你们所有,
它的刺,你们却给人民;
现在,且给我们几片玫瑰花的花瓣,
且拿回一半的刺去,留给你们!

人民还在要求什么,快给他们!
你们难道不知道人民是多么可惊?
假如起来了,他们就不再要求,而是夺取!
你们难道不曾听到过多饶·乔治这姓名?
你们在灼热的铁的御座上烧死了他,
然而再也烧不死的是他的精神,
因为它本身就是火——留意:
这火焰还要来消灭你们!

　　　　　　　　　　　　1847 年 2 月

斗争是……

斗争是我一生中
最好的思想,
心为了自由
而流血的斗争!

全世界只有唯一神圣的东西,
只有它,值得用我们的武器
去挖掘我们的坟墓,
为了它,我们应该流血;

这神圣的东西就是自由!
一切为了别的目的
而牺牲了的人们,
都只是疯子。

全世界的和平,和平,
但不要暴君随意赏给我们,
唯有自由的神圣的手
才能给我们和平。

当全世界获得了
这广大的和平,
我们就掷下我们的武器
到大海的底层。

假如不是这样,
我们就斗争到死!
而且,假如需要,
就直到世界的末日!

1847 年 3 月

光　明！

黑暗的是矿洞，
可是它却有灯光，
黑暗的是夜间，
它却有繁星的辉煌，
黑暗的是人的灵魂，
到处没有灯，到处没有星，
连将要熄灭的光线也没有。
真悽惨的心情！
你夸口你是光明。
假如你是光明，就领导我们，
只要领导我们一步！
我并不要求你的光明，
透过那一世界的面网，
透过坟头的尸布，
我不问你，我将是什么，
你只说，我是什么，
你也说，我为的什么。
还是，人只为自己活着，
他自己就是世界，

还是,他不过是
所谓人类这巨大的
铁链中的一环?
还是,为了自己的幸福而生活,
还是,因了世界的痛苦而哭泣?
看哪,有许多人吮吸着
同胞的心头的血,
只为了自己的利益,
并不受应受的惩罚,
也有许多人流着
自己的心头的血,
为了同胞的利益,
并不受应得的报答。
那都一样!有谁
牺牲了自己的生命,
并不为了报酬,
只为了有益于人类。
这果然有益吗?
这问题中的问题,
它不是"是或非"。
这果然有益于世界吗,
有谁为它牺牲了自己?
那一时代会不会到来,
它为坏人所阻碍,
它又为好人所争取:
大众的幸福的时代?

而且,幸福究竟是什么?
人人都在搜寻,
是不是,到了现在
却还不曾发现?
也许,我们所说的幸福,
它的种种利益,
只是集合了的光线,
来自新的太阳,
这幸福终有升起的时候,
虽然这时还在天的那一面!
假如居然如此!
只要世界有了目标,
只要世界不息地前进,
永远向着这目标
最后,终于能够完成!
然而,唉,假如我们
只像是一棵树,
开花了,又凋零,
只像是一层波浪,
汹涌了,又平静,
只像是一粒石子,
掷起了,又落下。
只像是一个流浪者,
爬上了山顶之后,
又回到了山下。
这永远继续不息:

尽是向上,向下,向上,向下……
可怕的思想,可怕的思想!
但这并不麻烦那样的人,
他从来不曾冻僵,
他也从来不知道寒冷。
和这样的思想比较:
蛇正是热烈的太阳光,
它冰柱似的光滑,
穿过我们的凝血的胸膛,
窒息了我们的呼吸,
缠住了我们的喉咙、颈项。

1847 年 3 月

兵 的 生 活

"靰鞡①,我已觉得太重,
鞭子,我已觉得太轻,
我要穿靴子,在脚上,
我要拿着剑,在手中。
奏着乐了,正在招兵哪②,
我要入伍了,哈哈哈!"

这一件事,你做得聪明;
我看,你这才有了理性。
老实说,这真是优美的生活!
没有再好的了,我已经试过。
奏着乐了,正在招兵哪,
兄弟,你入伍吧!哈哈哈!

兵的生活有什么苦,
要吃有的吃,要喝有的喝,

---

① 靰鞡是我国东北农民冬季所穿的牛皮鞋,里面絮着靰鞡草。这里的原文是 bocskor,也是皮鞋,较粗,乡下人自制。
② 以前,在招兵的时候,奏军乐是必需的。

怎么能没有吃喝呢,每五天
他有十六个银钱,两个铜钱①。
奏着乐了,正在招兵哪,
兄弟,你入伍吧,哈哈哈!

每三天只要站岗一次,
而且也只要站八小时,
天气冷了,你也不会冻死,
你可以呵着你的手指。
奏着乐了,正在招兵哪,
兄弟,你入伍吧,哈哈哈!

保持清洁也不太需要,
这样的麻烦你何必找?
如果你的裤子上有了灰土,
不要怕,伍长会把它打去。
奏着乐了,正在招兵哪,
兄弟,你入伍吧,哈哈哈!

他们又对你多么热爱!
你要逃跑,他们就抓你回来,
但是,当他们处你夹队鞭刑②,

---

① 银钱是戈洛士,匈牙利古代的银币;铜钱是克洛则尔,匈牙利古代的铜币,值戈洛士的百分之一。
② 以前军队中的一种酷刑:犯罪的兵通过两列的兵士中间,受到他们的鞭打,多有因此送命的。

你就走吧,跑吧,由你高兴。
奏着乐了,正在招兵哪,
兄弟,你入伍吧,哈哈哈!

到了你的兵役期满的时光,
你就有了退伍证,很大的一张!
你知道吗,为什么要那么大?
为了可以当一条被子,在你的家。
奏着乐了,正在招兵哪,
兄弟,你入伍吧,哈哈哈!

1847 年 3 月

褴褛的勇士

我也能够给我的诗歌
装饰着美丽的节奏和音韵,
那么,它就可以堂皇地
跨进了贵人们的客厅。

但是我的思想并不像那些
游手好闲地生活着的青年,
他们烫着头发,戴着手套,
这里那里地访问着,浪费时间。

刀剑不再铿锵,大炮不再轰击,
它们已经躺在发锈的梦中;
斗争却进行着……不是刀剑、大炮,
现在是思想正做着斗争。

我也挺立在这斗争中,
在你的兵士们之间,我的连队!
我用我的诗作战……每一首诗
就是一个能征惯战的战士。

褴褛的战士,可是很勇敢,
大胆地战斗,猛烈地攻击,
战士的装饰不是他的衣裳,
战士的装饰是他的勇气。

我也并不问,我的诗歌
在我死后能不能存在?
假如它们非失败不可,
那就让它们在这战争中失败。

然而这还是一本神圣的书,
我的死了的思想在那里安息,
这是为自由而死去的英雄们——
是那些英雄的墓地。

1847年4月

我的最美丽的诗

我已经写了许多的诗,
这一些也并不全然白费;
可是那首决定我的名声的
最美丽的诗,我还不曾写。

那最美丽的诗是,当我的祖国
为了复仇,起来向维也纳①反抗,
那时,我就用辉煌的剑锋,
在一百条心里写着:死亡!

1847 年 5 月

---

① 当时的匈牙利人民常常用"维也纳"这词,指奥地利政府的压迫。

世界多么美好!

是我吗,有一个时期
以为生活只是诅咒?
是我吗,夜的幽灵似的,
在地面上漫游?
惭愧之火燃着,
把我的脸烧红了!——
生活多么甜蜜,
世界多么美好!

消逝了,我的奔放的
青年时代的狂风,
尽向我微笑着,
苍天的蓝蓝的眼睛,
好像是母亲们
向着她们的孩子微笑——
生活多么甜蜜,
世界多么美好!

我的每一天从我心中

拔出了痛苦的根,
重新渐渐变成翠绿的
花园了,我这颗心,
五色缤纷的花朵
又在里面盛开着……
生活多么甜蜜,
世界多么美好!

那被我粗鲁地
驱逐了的自信,
又用它的双臂
来拥抱我的灵魂,
好像是从远方归来,
老朋友一样拥抱……
生活多么甜蜜,
世界多么美好!

好心的老朋友啊,
请你们和我亲近,
猜疑的斜视的眼睛
再也不瞅着你们,
我已经把这个
鬼的家族一下赶跑……
生活多么甜蜜,
世界多么美好!

而且我更想起了
我的花,她年纪轻轻,
这褐发的姑娘,
这美丽的黎明的梦,
我多么喜欢她呀,
她也为我祷告——
生活多么甜蜜,
世界多么美好!

    1847年6月1日—10日之间

我愿意是急流……

我愿意是急流,
山里的小河,
在崎岖的路上,
岩石上经过……
只要我的爱人
是一条小鱼,
在我的浪花中
快乐地游来游去。

我愿意是荒林,
在河流的两岸,
对一阵阵的狂风,
勇敢地作战……
只要我的爱人
是一只小鸟,
在我的稠密的
树枝间做窠,鸣叫。

我愿意是废墟,

在峻峭的山岩上，
这静默的毁灭
并不使我懊丧……
只要我的爱人
是青青的常春藤，
沿着我荒凉的额，
亲密地攀缘上升。

我愿意是草屋，
在深深的山谷底，
草屋的顶上
饱受风雨的打击……
只要我的爱人
是可爱的火焰，
在我的炉子里，
愉快地缓缓闪现。

我愿意是云朵，
是灰色的破旗，
在广漠的空中，
懒懒地飘来荡去，
只要我的爱人
是珊瑚似的夕阳，
傍着我苍白的脸，
显出鲜艳的辉煌。

1847年6月1日—10日之间

宝剑和铁链

上帝送下了最美丽的
天使,送到世界,
让他去追求,获取
最美丽的姑娘的爱。
他找到了她,爱上了。
就从那一刻起,
他以为世界美过天堂。
就从那时候起,每夜每夜,
他去访问那一位姑娘,
他在星星之间走着,
走到最后的一颗星,
那里,他骑上了美丽的
白鹄的项颈,
它迅速地带了他,
飞到那姑娘的花园。
她等候着,迎接了天使,
露着贞洁的笑颜,
蓓蕾都因此开放,
连凋谢了的花朵

也复活了,从死梦之间。
他们坐着闲谈,
一直到出现了晨曦。
他们之间的对话
又神圣又美丽。
她垂下了眼睛,
倾听着这辉煌的天使。
当她向上望的时候,
她的眼睛睁开了,
闪耀着那样的丰姿,
天使就跪下了,
要求这姑娘接吻。
她并不拒绝他……
是怎样的接吻哪,
那是天使的
和姑娘的嘴唇!
大地也快乐得颤动了,
正如热烈的心,
上面,在高高的青天,
星星迷人地响着,
像是小小的银铃,
和着这天上的音乐,
花朵都跳舞了,
像是小小的仙人。
也许因了那羞红的
姑娘尽向它凝望,

月儿也羞红了脸,
黑夜就闪着红光……
天使的接吻容易结成果实,
生下了光荣的孩子,
这姑娘成了母亲,
只有天和地结成配偶,
才能生下这样的孩子。
这姑娘生下了宝剑……
那就是自由。

* * *

撒旦①送上了最丑的
魔鬼,送到世界,
让他去追求,获得
最丑的巫女的爱。
他找到了她,爱上了。
就从那一刻起,
他以为世界美过地狱。
就从那时候起,每夜每夜,
他去访问那一位巫女。
在火山的喷火口中,
他们半夜里相聚,
魔鬼骑着那匹
蛤蟆的头,蛇的尾巴,

---

① 撒旦,恶魔或魔王。

火焰的鬃毛,龙的爪子,
又大又黑的野马上升。
巫女的侍从是
蝙蝠和猫头鹰,
她骑着长长的扫帚柄,
向火山的喷火口,
远远地前行。
他们坐着喋喋不休,
一直到雄鸡喔喔地啼着。
他们之间的对话
又丑恶又卑鄙。
魔鬼说:我冷死了,
哈,进去,我们一起,
到那火的古老的家,
在下面的山底……
我的牙齿打战,
哈,这里也还是冷,
拥抱吧,接吻吧!
他们就相爱,接吻。
是怎样的接吻哪,
那是魔鬼的
和巫女的嘴唇!
地球也冷得发抖了,
又含糊地咕哝着,
正如吞下了可怕的云,
大山也呕吐了,

呕吐到上面的高天，
呕吐着火雨和硫黄，
世界在火焰中燃烧，
只有星星和月儿，
遮住了他们的脸，
用了黑云的面网，
什么都看不见……
魔鬼的接吻，不久使巫女怀孕，
她生产了，成了母亲。
她生下了可怕的怪物，
只有大地和地狱相爱，
才能够同样产生。
这巫女的可恶的孩子，
它的名字是铁链……
那就是奴性。

*　　　*　　　*

天堂之子和地狱之子，
自由以及奴性，
有力的宝剑和铁链，
永远做着拼命的斗争，
他们斗争得很久，
疲倦了也不休息，
宝剑已经显得钝了，
铁链也露出了破损。
我们且等着，等一会儿，

不久我们就会明白:
两者间,是谁管理大地?
两者间,是谁统治世界?

> 1847年7月14日—27日之间

给爱人的回信

这贵重的信终于到了,
我读了天知道有多少遍,
我还要读它,不计其数,
一直读到每一个字母,
以及它的每一个逗点
都像是星星,紧紧绾住我的心。
使我的心成了宇宙,
将这光明的星星的世界包含……
这时候,我也拿着了这信,
我的发抖的嘴唇碰着它,
吻着它,岂不是亵渎,
它的每一个字母都神圣非凡。
姑娘,你是谁?你可知道?
让我告诉你,你究竟是谁,是什么。
我曾经从我的儿时的山崖,
爬上了这青春的高山,
我望见了周围广大的世界,
它的美丽正如它的繁华、丰富,
它的繁华正如它的美丽、可爱,

它能迷住它的观众,
只要看见一点一滴它的存在!
看见了这世界,我喊着:
真是光荣的杰作!我要寻觅
创造了这一切的伟大的作者。
啊,上帝在哪里?我寻觅你,
我要对你屈膝、崇拜!
我派遣我的智慧去寻觅,
它就迅速地飞遍了
哲学的广大的田野,
彗星似的在宇宙中飞行,
在陌生的地方徘徊。
飞行了几年,徒然地流浪,
我的智慧忧郁地、疲倦地归来。
偶然地,那一天我遇见
你美丽的姑娘,我就爱上你,
你向我显露了你的心,
除了对我,你不曾显露过一次,
那里,我看见了我所寻觅的,
你的心头住着伟大的上帝。
是呀,他现在住在你的胸中。
过去他在哪里,还有将来
他在哪里,我都一无所知。
为什么,我值得看见他?
为什么这样的幸福向我降临?
然而,一定是我值得如此,

我渴念着看见上帝的脸,
没有比我更渴念着的人!
假如到这时候我还不配
享受这恩惠,我也将完成,
因为上帝将你,姑娘,给了我,
他指示了我,他傍着你的心。
啊,我的爱情只属于你,
我的伟大的爱情!
它曾经仇恨似的笼罩了全世界,
现在却属于你了,属于你一身,
从仇恨而成的爱情的纯洁,
正如天空的万里无云!
我让你处置我的将来,
为了你,我要抛掉我的愿望,
甚至于我的美丽的希冀,
不管我所有的什么,一切,
假如你愿意——我也能放弃
我的信仰,我就一生带着,
死后我也带到坟墓里,
这羞耻和侮辱的标记。
可是,你不愿意有这样的牺牲,
我知道,假如你崇拜一个人,
他就不会带着可诅咒的名字;
连你也要鼓励我向前,
在我的这开始了的环境;
我那样生,我也那样死,

我不屈不挠地向前猛进,
我为自己建立了的名字,
我决不使它消灭,默默无闻。
这名字,遗传给我的后代,
从不伟大,也一定有清白的名声。
它也许能成为伟大的名字,
假如你能给添上了你的
心头的光线,同了我一起斗争。
因为,就是你,我的亲爱的姑娘,
诗神也正在摇着你的摇篮。
但是你不知道你的伟大的力量,
你也不信任你的勇敢。
你却远远地避开了战场,
我们正是在那里获得了桂冠,
你只使它成了尸衾,
把死了的我们的幸福遮掩。
你只远远地避开了战场,
然而在我面前,你总是一样可爱,
在寂寞的黑暗的阴影之间,
较之在大众的生活的阳光下,
你有着光荣的尊严,
而且,在我,你一定更可爱,
假如你能够成为大海,
你却只像露珠似的闪现,
闪现于贞洁的玫瑰花环中间。

1847 年 7 月 14 日—27 日之间

诗　歌

神圣的诗歌啊，愚蠢的人们
怎么侮辱了你，把你的光荣
踩在脚下，就在他们努力
抬高你的地位的时候。
你的那些不合法的信徒
大声地宣称你是宫殿，
是贵族的、金碧辉煌的宫殿，
只有穿上了烁亮的皮鞋，
这才可能悄悄地进去。
闭口吧，你们，假冒的先知，
闭口吧，你们的话一点不对。
诗歌并不是什么客厅，
只有漂亮的人们才去聊天，
那些社会上最出色的人；
诗歌还不止这样！它是
对任何人都开着门的房子，
只要是愿意去祷告的人们，
总之：它是教堂，穿破皮鞋的，

甚至于赤脚的,都可以进去。

1847 年 8 月

村子尽头的一家酒店……

村子尽头的一家酒店,
靠近撒莫什河①边,
它清楚地映入水中,
在没有云雾的夜间。

当黑夜降临的时候,
静止了世间的嘈杂,
在一声不响的渡船里,
黑暗也默默地躺下。

酒店却并不静默!
铙钹敲打得很是急促,
青年们喊着、闹着,
声音震动了窗户。

"嘿,老板娘,宝贵的花!
你快把好酒拿来,

---

① 撒莫什河是匈牙利东北部的蒂萨河左岸的支流。

那酒,要比祖父更老,
也要像爱人一样热烈!

"我要痛快地跳舞,
嘿,快一点,吉冈尼①!
跳到我没有了钱,
跳到我不能透气!"

可是有人叩着窗户:
"嘿,不要这么高声大叫,
我们主人要我来说,
他已经躺着要睡了。"

"让魔鬼抓了他去,
连你也一起进地狱!……
我情愿脱下衣服抵账,
嘿,奏乐吧,吉冈尼!"

又有人低低叩着:
"轻一点儿,我请求你们,
愿上帝给你们祝福,
我的母亲正生着病。"

喝完了最后一杯酒,

---

① 吉冈尼是吉卜赛人的匈牙利语名称。

静默了,没有回答,
青年们教吉冈尼停下,
他们就各自回家。

1847 年 8 月

荷马与峨相*

你们在哪里,海林人和凯尔特人①?
啊,你们已经消灭了,
像是两座大城
没入深深的海水之中,
只有塔尖还在水面显露……
两个塔尖:荷马,峨相。

乞食者荷马,王子峨相,
怎样的对照!
可是也有相似的地方:
他们两个都是瞎子。
也许是他们的光荣的辉煌,
他们的灵魂的炽热,
夺去了他们的眼光?

---

* 荷马(约前9世纪—前8世纪),古希腊诗人,相传是《伊里亚特》和《奥德赛》两大史诗的作者。峨相,约公元三世纪时爱尔兰的英雄和诗人,相传他的诗作系由仙境携来。
① 海林人和凯尔特人是希腊人和爱尔兰人的古称。

伟大的精灵啊！假如他们
迷人地抚着琴弦，
正如上帝的旨意，
他们为我们创造了世界，
惊人地巨大，
又惊人地美丽。——

听啊，听着荷马！
对于他，天空是
安静的欢乐的永远的笑颜，
从那里，清晨的紫色，
日中的金黄的光线，
带着愉快的温柔，
泛满了金波的海面，
海中有青青的岛屿，
你美丽的爱情啊，
岛上的神们和人类一起
同你玩着，欢乐非凡。

现在，看哪，看着峨相，
在北方的大海，永远的雾中，
他在混乱的北方喊出了歌声，
荒野的山岩上，呜呜的狂风，
月儿升起了，
像是落下的太阳，
鲜血一样地绯红，

它的冷光遮掩了森林,
一群群凄惨的幽灵
在森林中行动:
他们是在战场上阵亡的英雄。
在你的歌中,乞食者荷马!
啊,处处是光辉,
啊,处处是花朵!
在你的歌中,王子峨相!
啊,处处是黑暗,
啊,处处是沙漠!——

唱吧,不息地唱吧,
奏着琴,奏着神的琴吧,
荷马,峨相!
几百年,几千年,
过去了;它们的残忍的脚
又踏散了一切,
然而对你们却非常钦敬;
它们呼吸着的都是死的萎黄,
只有你们花白的头上的冠冕永远长青!

1847 年 8 月

秋风在丛树间飒飒地响着……*

秋风在丛树间飒飒地响着,
它轻轻地对着树叶低语;
说的是什么? 却听不见,
树都摇着头,显得很是忧郁。
从中午到晚上的任何时间,
我安闲地躺在长榻上……
我的妻子正静静地睡着,
她的可爱的头靠着我的胸膛。

我的这一只幸福的手
感到了她的胸口怎样喘息,
又一只手里是我的祈祷书:
一本自由斗争的历史①……
热烈的语句在我心头燃烧,
好像是巨大的彗星一样……
我的妻子正静静地睡着,

---

* 本篇写于作者和森德莱·尤丽亚(1823—1866)在科尔托度蜜月的时候(他们于一八四七年九月八日结婚)。

① 作者那时最爱念的是《法国革命史》,这里可能指这一本书。

她的可爱的头靠着我的胸膛。

在暴君的淫威之下的人们,
金钱和皮鞭能驱使他们打仗;
自由呢? 为了她的一个微笑,
她的一切追随者就走上战场,
好像从爱人的手中接受花环,
他们为她接受死亡和创伤……
我的妻子正静静地睡着,
她的可爱的头靠着我的胸膛。

神圣的自由啊,多少光荣人物
抛弃了生命,这有什么意义?
即使现在还没有,将来一定有,
最后的斗争中的胜利必属于你,
你要为你的战死的人们复仇,
你的复仇是又可怖,又辉煌!……
我的妻子正静静地睡着,
她的可爱的头靠着我的胸膛。

我的面前幻现着未来的时代,
它显出了一片流血的景象,
一切自由的敌人,都在
他们自己的血海中埋葬!……
我的胸已经被闪电撕裂,
我的心像雷轰一样震荡,

我的妻子正静静地睡着,
她的可爱的头靠着我的胸膛。

1847 年 9 月

九月末日

窗边的白杨树还正是一片青翠,
山谷里的花朵依然开得烂漫,
可是,你看,那边已是冬天的世界,
白雪已经遮遍了那里的山尖。
我年轻的心还燃烧着夏天的火,
我的心中也依然活跃着春天,
可是我的黑发却渐渐花白了,
冬天的严霜已在我头上出现。

花朵在凋谢,生命也在奔驰……
坐在我膝前吧,我亲爱的爱人!
现在,把你的头靠着我的胸膛,
明天,你也许只能靠着我的新坟。
说吧:假如我死了,在你之前,
你是不是会为了我而伤心?
难道会有别的青年人的爱情,
竟能使你一下丢开了我的姓①?

---

① 匈牙利习俗:女子嫁后,即用丈夫的姓:"丢开了姓",就是表示她另外有了爱人。

假如你卸下了寡妇的头纱①,
就搁在我坟上,作为黑色的旗帜,
那么,我就要从地底下出来,
在夜半的时候,我要把它带去;
你是这样轻易地将我忘掉,
我要用它揩干为你流着的眼泪,
我也用它包扎我的心灵的创伤,
因为这心在那时候、那地方还依然爱你!②

1847 年 9 月

---

① 匈牙利习俗:丈夫死后,妻子在头上裹黑纱志哀,一年之后才能去掉。
② 这首诗也写于在科尔托度蜜月的时候,它像是预言一样;裴多菲战死后不久,他的妻子就另嫁别人了。

我的祖国,你还要睡多久呢?

我的祖国,你还要睡多久呢?
雄鸡早已啼了,
它的啼声宣告着
早晨的来到。

我的祖国,你还要睡多久呢?
太阳已经升上,
不触着你的脸吗,
它射来的光芒?

我的祖国,你还要睡多久呢?
麻雀也已经醒了,
它正在你的麦穗堆上,
要把它肚子装饱。

我的祖国,你还要睡多久呢?
猫也已经醒来,
它走来走去,
绕着你的奶罐徘徊。

我的祖国,你还要睡多久呢?
马儿迷了道,
它跑到你的牧场,
吃着你的草料。

我的祖国,你还要睡多久呢?
看! 那些给你种葡萄的,
他们不管你的葡萄园,
却在你的葡萄酒窖里。

我的祖国,你还要睡多久呢?
你的邻人在耕地,
他们把你的田
同他们的耕在一起。

我的祖国,你还要睡多久呢?
要到你的房子着火,
要到敲起了警钟,
你才会醒来么?

我的祖国,你还要睡多久呢,
我的美丽的匈牙利?
你睡醒的日子
也许要在来世!

1847 年 10 月

一下子给我二十个吻吧……

一下子给我二十个吻吧,
而且要最甜蜜的吻!
还得添一点儿,
我的爱人!
已经这么多了,
可是还不成。

只有五颜六色的花才是花,
只有褐发的女人才是女人。
小小的、长着褐发的
我的爱人!
都在燃烧了:
你的心、眼、嘴唇!

拥抱我,拥抱我,我的天使!
当你拥抱了我,我就在想:
我要在这
活着的时光,
就飞了去,

一直飞向天堂。

把蜡烛吹灭了吧,
这我们一定要花钱,
蜡烛的价
也一定不贱,
何必像这样
白白地燃点?

让我们结婚,嗨嗨嗨,
结婚的生活毫无关系,
它常常这样,
一定很是美丽,
不管在早上、
在中午、在夜里!

1847 年 10 月

在小山边,有一丛玫瑰……

在小山边,有一丛玫瑰,
靠在我的肩头吧,我的宝贝,
轻轻地对我说:你爱我,
啊,那我就多么地快乐!

太阳的影子落在多瑙河中,
河水快乐得不息地颤动,
它把那太阳轻轻地摇摆,
正如我摇摆着你,我的爱!

坏人们说着我的坏话,
说我对上帝一点也不怕!
但是,我现在就在祷告……
我在倾听着你的心跳。

1847 年 11 月

巴多·保罗先生[*]

正如一个着了魔的王子,
在遥远的跨过奥巴兰加①的那方,
巴多·保罗先生也那么生活着,
孤独地、乖僻地,在他的故乡。
要是有一个年轻的妻子,
生活一定会完全两样……
巴多·保罗先生立刻打断道:
"哎呀,我们有的是时光!"

这屋子不久就要坍塌,
墙上的石灰老是向下掉,
风又刮走了一片屋顶,
天知道刮到哪里去了;
得修理一下了,不然的话,
总有一天,天要从屋顶向下望……

---

[*] 由于这首诗,巴多·保罗后来就被用为没落的贵族阶层、懒惰者之流的典型。
① 奥巴兰加,又称奥巴兰加海洋,是匈牙利民间故事中常常引用的,意思是遥远的地方,或者是并非现实世界所有而只存在于故事里的地方。

巴多·保罗先生立刻打断道：
"哎呀，我们有的是时光！"

花园里一点花也没有，
可是田地里却开满了花，
是罂粟花，各种各样的，
在田地里长着，美丽、繁华。
为什么这许多犁耙尽是搁着？
为什么这许多长工尽在闲逛？
巴多·保罗先生立刻打断道：
"哎呀，我们有的是时光！"

还有那些毛衣、那些裤子，
都不能用了，又破又旧，
如果我们拿来做蚊帐，
也只因为别的法子没有；
我们只要把裁缝请来，
料子是早已准备停当……
巴多·保罗先生立刻打断道，
"哎呀，我们有的是时光！"

他这么寒碜地得过且过；
虽然他的有钱的祖上
留给他一笔很大的遗产，
然而他还是花得精光。
他生来就是个匈牙利人，

如果说那是他错了,未免冤枉,
他的祖国原来有一句古话:
"哎呀,我们有的是时光!"

      1847 年 11 月

在 火 车 上

欢乐的海环绕在我周遭,
我的灵魂在里面游泳……
从来是只有鸟儿飞行,
现在,连人也在飞行着!

我们的思想像箭一样迅速,
我们追着你,已经太迟,
可是,你得刺一下你的马儿,
不然,我们要赶上你,将你拉住!

山、树木、小河、屋子、人们,
谁知道还有别的什么?
先后在我的眼前经过,
又烟雾似的渐渐地消隐。

太阳跟着我们飞跑,
正像是一个狂人,后面
有一大群魔鬼在追赶,
而且要撕碎他,如果追上了;

它跑着、跑着,一点也不中用!
它落在后面了,疲倦非常,
它躺下了,在西山的顶上,
它的脸上却闪着羞红。

我们尽飞着,飞着不歇,
我们也并不觉得疲倦;
这机器带着我们向前,
也许一直要到那一世界!——

我们要成千成万的铁路!
修筑吧,修筑吧! 快快地!
像血管怎样分布在身体里,
它们也怎样在世界上分布。

它们正是大地的血管,
它们输送着世界的文化,
还有,生命的一切精华,
也是由它们传播、循环。

你们为什么到现在这时候
还不修筑铁路?……因为铁缺少?
只要粉碎所有的锁链、镣铐,
那么你们的铁就很足够。

1847 年 12 月

一八四八年

冬天的晚上

哪里是天上的彩色的虹?
哪里是牧场上五色的花朵?
还有溪水的潺潺,小鸟的歌唱,
春夏的美和宝藏还剩下什么?
都没有了! 只有记忆召它们回来,
好像召回苍白的鬼魂。
冬天掠夺了一切,大地成了乞丐,
什么都看不见,除了雪和云。

大地真像是一个年老的乞丐,
背着一条白的有补丁的被子,
冰的补丁,有几处依然破着,
到处看得见他的赤露的身体,
他在严寒中站着,冻僵了……
他的枯瘦的外表显出了穷苦。
这样的风景,外面还能干什么?
屋子里面才有美好的生活。

他要祝福上帝吧,上帝祝福了他,

给了他暖和的屋子和家庭。
多么幸福,这所暖和的屋子,
这暖和的屋子里家庭的欢欣!
现在,一间间茅屋都成了宫殿,
只要有木柴投在火炉中,
一句句好话都听在心里了,
原来也许是只当作耳旁风。

晚上这时间是格外地美好,
如果不知道,你们也许不信。
一家之长坐在大桌子旁边,
跟邻居们、老乡们亲密地谈心,
他们衔着烟斗,面前是瓶子,
瓶子装满了地窖中最陈的酒;
无论怎么喝,再也看不见瓶底,
马上斟满了,到只剩一滴的时候。

好心的主妇殷勤地招待他们,
不要担心,她不会耽误她的工作,
她很明白她自己的责任,
她很清楚她应该怎么做,
她一点不看轻她一家的荣誉,
我们不能非难她吝啬或者懒惰。
她在那里不息地说着:
"请吃吧,老乡,请,老大哥!"

他们谢了她,又喝下一口酒,
如果烟斗灭了,他们再把烟装上,
正像烟气在空中缭绕,
他们的思想也那样地飘荡,
他们一个接着一个地搜索着、
诉说着过去很久了的事件。
离开生活的边境不很远的人们
不喜欢向前望,只愿意向后看。

小桌子边有一个青年和姑娘,
年轻的一对,他们并不谈到过去。
生活在他们前面,不在后面;
对于过去,他们何必考虑?
他们的灵魂漫游到未来的边际,
他们梦想地望着有红云的天。
他们偷偷地笑着,什么也不说,
天知道:他们有的是欢娱的时间。

那里,在后面,在火炉的周围,
小娃娃们很热闹地坐在那里,
他们用纸牌造着宝塔……建筑,破坏——
一堆大大小小的孩子在一起……
他们追赶着幸福的现在的蝴蝶,
他们忘了昨天,也不想明天。——
看,小小的地方竟容得了那么多:
过去、未来、现在,在一间屋子里面!

明天是烘面包的日子,有女用人
筛着粉,唱着歌,歌声传进了屋子。
外边院子里,桔槔咭咯地响着,
是车夫给马喝水,今天最后一次。
在欢乐的夜宴上,吉冈尼拉着琴,
远远就听到提琴的叮咚的声浪。
在屋子里,这各种各样的声音
造成了安静的、温和的合唱。

下着雪,大街上依然漆黑,
完全笼罩着巨大的稠密的黑暗。
过路的人们是很少很少了,
一个回家去的人,有时可以望见,
他的手提灯在窗户下闪烁,
一会儿黑暗突然把灯光吞没,
手提灯消失了,屋子里面的人们
就急忙猜着:是谁在这里经过?

1848 年 1 月

最好最好的妻子……*

最好最好的妻子,
我心爱的小人儿!
来,到我的怀抱里,
让我们随意游戏。

当你还是姑娘,我爱你,
现在,我是百倍地爱你,
不止百倍,是千倍地爱你,
只要你不至于为此生气。

未婚的人不懂得
真正的爱情是什么;
可怜的孩子怎么会懂?
他还正在学习之中。

未婚的人的爱情

---

* 原文作"妻子中的妻子",原是很普通的表现法。

只像帽花①那样轻盈；
但是爱情对于我，
简直像是呼吸和脉搏。

我们过着多幸福的生涯，
是吗，我的灵魂，尤丽士卡②？
我们无须等候到死亡，
我们要活着飞上天堂！

1848 年 1 月

---

① 匈牙利的男孩子,有时帽子上装饰着他的爱人给他戴上的花朵。
② 尤丽士卡,尤丽亚的爱称,是裴多菲妻子的名字。

你在干什么,你在缝什么?

你在干什么,你在缝什么?
你是不是在缝我的衣服?
把破烂的衣服给我也行,
你还是缝一面旗吧,我的爱人!

我预料着,我在预料着,
那究竟是什么,只有天知道,
但只要预料着也就行。
你缝那面旗吧,我的爱人!

这样下去,不会太久长,
不久就可以断定,到底怎样,
一上战场,我们就可以断定,
你缝那面旗吧,我的爱人!

自由是非常宝贵的东西,
要获得它,必须付出代价去,
付出鲜红的血——贵重的黄金;
你缝那面旗吧,我的爱人!

如果是那么美丽的手缝的,
胜利一定要爱上那一面旗,
而且也一定要和它接近;
你缝那面旗吧,我的爱人!

       1848 年 1 月

我怎么称呼你？

我怎么称呼你，
假如在幻想的黄昏中，
我惊奇地注视着
你的眼睛的晨星。
常常,我似乎是先看见了
这些星星，
它的一缕缕光线，
正是爱的小河，
流向我的灵魂的大海——
我怎么称呼你？

我怎么称呼你，
假如飞来了
你的眼光，
这温柔的鸽子，
它的一根根羽毛
正是和平的润泽的枝条，
和它接触是多么好呀！
因为它更柔软,较之丝绸，

较之摇篮的垫子——
我怎么称呼你?

我怎么称呼你,
假如响着你的声音,
那些枯凋的冬天的树
假如听到了这声音,
就萌蘖着青青的小枝,
它们相信着
已经到了春天,
等得很久了的它们的救主,
因为夜莺已经唱着——
我怎么称呼你?

我怎么称呼你,
你的嘴唇的火焰似的红玉
假如触着了我的嘴唇,
接吻的火就熔化了灵魂,
有如早晨熔化了白昼和黑夜,
就消灭了我眼前的世界,
又消灭了我眼前的时代,
永恒将他的最神秘的狂欢
满满地倾注着我——
我怎么称呼你?

我怎么称呼你,

我的幸福的母亲,
无边无际的
幻想的仙女,
这辉煌的真实,
使我最勇敢的梦想也会害羞,
啊,唯一的、比世界还贵重的,
我的灵魂的宝藏,
我的可爱的、美丽的、年轻的妻呀,
我怎么称呼你?

      1848 年 1 月

冬天的草原

啊,草原现在真的成了荒原!
因为秋天是庄稼户中的懒汉;
春季以及秋季
所储藏的一切,
这家伙都满不在乎地花掉,
到了冬天,什么宝贝也找不到。

不见了响着忧郁的铃声的羊群,
吹着笛子的牧羊人也无踪无影,
啭鸣着的小鸟
也都一时哑了,
草丛中没有了鹌鹑的喧噪的声音,
连小小的蟋蟀也不弹奏它的提琴。

这地方像冻结了的海洋一般平坦,
太阳像疲倦的鸟儿似的掠过地面,
也许它年纪太老,
眼睛已经花了,
它只得低低地俯下身子,看个仔细……

但它还是找不到什么,在这草原里。

打鱼人和管地人的草棚已经空了;
院子里冷冷清清,牲口在咀嚼草料;
到了黄昏的时光,
它们被赶到牛槽旁,
毛毿毿的忧郁的牛有的哞哞地叫喊,
外面的湖水使它们非常依恋。

一个雇工从屋梁上拿下烟叶,
他就把它放在门槛上剁切,
剁切得短短的;
又从高筒皮靴里
拔出烟袋,装了烟,懒洋洋地抽着,
时时扭转头去看牛槽里:有没有草料?

这时候,连酒店里也十分寂寞,
正可以睡觉了——酒店主和他的老婆,
开酒窖的钥匙,
他们也不妨抛弃,
无论谁都不会来找他们的麻烦,
风吹着雪,已经把小路遮掩。

现在的统治者是旋风和狂风,
这一个打着旋儿,在高高的天空,
那一个在下面,

大怒地飞奔向前,
地上的积雪仿佛火石似的闪现,
还有第三者,来参加它们的争战。

傍晚,当它们疲倦了,渐渐安静,
苍白的夜雾就在草原之上降临,
这时候,朦胧地,
有一个侠盗的影子
驰驱着归来,骑着喘气的骏马……
他的背后是狼,他的头顶是乌鸦。

从地球的边缘回头眺望的太阳,
恰似从边境上回望的被逐的国王,
用愤怒的眼光,
它再回头一望,
它的视线一接触对面的地平线,
它就从头上滑下了血染的王冠。

1848 年 1 月

母 亲 的 鸡

啊！怎么回事呀,鸡妈妈,
你是住在这房间里吗?
看,上帝真是多么慈悲,
他给你这么好的运气!

她在这里跑过来跑过去,
有时她简直飞上了柜子,
想到了,她就咯咯地叫着,
谁也不把她从房间里赶掉。

赶掉她,那怎么可以!
要给她吃,像鸽子一样吃,
她拣着,啄着大麻籽,
她的生活好比是王子。

那么,鸡妈妈,你想一想,
你得好好的,要很像样,
你应该尽心竭力地干,
不要让母亲缺少鸡蛋。——

我们的莫尔若①,你竖起耳朵,
我要对你谈一点什么,
你是我们家里的老仆人,
你给我们服务很是忠心。

你以后也得好好的,莫尔若,
你千万不要想吃鸡肉,
你和鸡要做好朋友……
她是母亲的唯一的牲口。

1848 年 2 月

---

① 莫尔若是狗的名字。

暴风刮着……

暴风刮着,星火燃成了大火,
你们要留意你们的房屋,
也许,一等到太阳下了山,
我们已从头到脚葬在大火中间。

亲爱的祖国,古老的匈牙利民族!
勇气在你的灵魂里睡去,
还是已经死了,随着我们的祖先?
你还能不能使用你的宝剑?

匈牙利民族,假如已经轮到了你,
你能不能像以前一样,再来一次?
一个伟大的战士,他只使用眼光,
就杀死更多,较之别人使用刀枪!

以前我们保卫着全世界,
在鞑靼和土耳其的时代[①];

[①] 指的是一二四一至一二四二年间蒙古人经过匈牙利去侵略欧洲及十五至十七世纪时土耳其人常常向匈牙利进攻。

现在临到了伟大的事业,
我们难道还能不保卫自己?

匈牙利人的上帝呀,让我们知道,
将近紧急的关头,给我们一个信号:
表示你依然统治着,在天上,
为了你的人民和你自己的荣光!

       1848 年 2 月

给贵族老爷们

光荣伟大的贵族老爷①,你们
近来怎样?
是不是你们的脖子已经
有些发痒?
有一条十分漂亮的领带
正给你们
准备着……它不十分鲜艳,
可是很紧。

你们知道吗,我们向你们请求
多少次了?
你们对待我们的态度,
要讲人道,
这很对,你们应该把我们
当作人类……
然而,穷苦的人们的请求
都是白费。

---

① 指的是有钱、有土地的大贵族。

你们向来如此：把人民
看成牲畜；
假如他们也将你们当牲畜
一样对付？
假如他们像野兽似的向着
你们进攻，
用你们的血把他们的爪、牙
染得鲜红？

千百万人民！冲出茅屋，冲到
原野来吧！
举起你们的镰刀、铲子，
举起铁耙！
一到时机成熟，它自己
就会来了，
那伟大的复仇的钟声
已经响着。

千百年来，靠了我们而胖起来的
贵族老爷，
今天，我们的狗也要靠了他们
而胖起来！
我们要用铁耙挑起他们，掷到
垃圾堆上，
我们的狗就把他们当作午饭，

一下吃光!……

然而并不!……兄弟们,听着,
并不这样!
我们是比他们还要高贵,
还要善良;
最神圣的词儿,除了上帝,
就是人民:
我们要切切实实地符合
这一名称。

我们要伟大,这才对于
我们符合,
上帝就要来俯视我们,显得
十分欢乐,
而且他就要在这一会儿
欢乐时候,
给我们永远的祝福,用他的
万能的手。

让我们忘掉一千年来的
痛苦灾难,
假如贵族老爷能好好看待我们,
兄弟一般;
假如他们抛弃了骄傲,抛弃了
家谱门风,

并且承认了和我们一样,
完全平等。

贵族老爷,你们来吧,只要
你们愿意,
这是我们的手,伸出你们的来,
我们一起。
我们都要成为锁链中
一个环节,
祖国需要我们每个人贡献
他的一切。

我们没有时间等得太久,
要快一点!
今天还来得及,也许就迟了,
挨到明天。
假如你们今天对于我们
还是轻视,
那么上帝也不能饶恕你们,
你们该死!

      1848 年 3 月 11 日

民族之歌[*]

起来,匈牙利人,祖国正在召唤!
时候到了,现在干,或者永远不干!
是做自由人呢,还是做奴隶?
就是这个问题:你们自己选择!——
在匈牙利人的上帝面前,
我们宣誓,
我们宣誓,我们
永不做奴隶!

我们做着奴隶,直到现在这时候,
连我们的祖先也遭受诅咒,
他们原来自由地活着、死去,
当然不能在奴隶的土地上安息。
在匈牙利人的上帝面前,
我们宣誓,
我们宣誓,我们

---

* 一八四八年三月十三日,维也纳发生革命,奥地利政府被迫罢免了首相梅特涅,并颁布宪法,本篇即写于维也纳革命这一天,也是作者未经出版检查而印行的第一篇作品。

永不做奴隶!

谁如果在紧要关头还不肯牺牲,
把自己的这渺小的生命,
看得比他的祖国还要宝贵,
那么他真是太恶劣、太卑鄙。
在匈牙利人的上帝面前,
我们宣誓,
我们宣誓,我们
永不做奴隶!

刀剑是比铁链更为辉煌,
佩带起来呢,也更为像样,
我们却还是佩带着铁链!
来吧,我们的古老的刀剑!
在匈牙利人的上帝面前,
我们宣誓,
我们宣誓,我们
永不做奴隶!

匈牙利这名字一定重新壮丽,
重新恢复它的古代的伟大荣誉;
几世纪来所忍受的污辱羞耻,
我们要把它彻底地清洗!
在匈牙利人的上帝面前,
我们宣誓,

我们宣誓,我们
永不做奴隶!

我们的子孙以后有一天
要向我们叩头,在我们的坟前,
他们要为我们念着祷词,
祝福我们的神圣的名字。
在匈牙利人的上帝面前,
我们宣誓,
我们宣誓,我们
永不做奴隶!

      1848 年 3 月 13 日

大海汹涌着……*

大海汹涌着,
人民的大海;
它的可怕的力量
惊天动地,
波浪奔腾澎湃。

你们看不看这跳舞?
你们听不听这音乐?
假如你们不知道,
人民是多么欢乐,
现在就可以懂得。

海震动着,海怒吼着,
船在摇摆,
它沉到地狱去了,
拖着折断的桅杆、

---

* 本篇写于一八四八年三月革命发生之后不多几天,表现了对于革命的乐观以及对于人民的力量的确信。

扯碎的帆。

咆哮吧,洪水,
咆哮到底,
让你的深深的底显现,
把你的狂怒的浪花
一直喷到云朵里;

一个永远的真理,
用浪花写在天空:
虽然船在上面,
水在下面,
然而水仍是主人翁!

    1848 年 3 月 27 日—30 日之间

给国王们

我要给你们很稀罕的东西,
国王们,就是真实的、坦白的话,
也不管你们:是感谢,
还是给讲话的人以惩罚;
有孟卡支①,也有绞架,
可是我心里一点都不害怕……
不论无耻的谄媚者怎么说,
总之是没有亲爱的国王了!

爱情……啊,这美丽的花朵,
早已被你们连根拔掉,
远远地抛弃在大路上;
那走遍全世界、装载着
你们的违背了的誓言的
大车的轮子又将它轧烂了……
不论无耻的谄媚者怎么说,

---

① 孟卡支是匈牙利城市,这里的堡垒原来属于领导匈牙利民族独立运动的拉科治家族,后来奥地利皇帝却将它作为监狱,许多匈牙利爱国者都关在里面。

总之是没有亲爱的国王了!

人民只得忍受着你们,
恰似忍受着必然的灾难,
但是并不爱你们……在天上,
已经把你们的日子结算。
你们快要听到全世界的法官——
上帝的最伟大的审判……
不论无耻的谄媚者怎么说,
总之是没有亲爱的国王了!

我要不要把全世界鼓动起来,
鼓动他们起来向你们反抗,
要他们千百万人向你们进攻,
用了愤怒的参孙①的力量?
我要不要敲起你们的丧钟,
让你们发抖,一听到它的声浪?
不论无耻的谄媚者怎么说,
总之是没有亲爱的国王了!

我不鼓动他们,这并没有必要;
我何必把果树用大力摇着,
假如那树上的一切果实

---

① 参孙是以色列的士师,有非常的神力。见《旧约·士师记》第十四至十六章。

已经熟了,而且开始烂了?
假如树上的果实已经成熟,
它自己就会从树上往下掉……
不论无耻的谄媚者怎么说,
总之是没有亲爱的国王了!

    1848 年 3 月 27 日—30 日之间

又在说了,而且单是说……

又在说了,而且单是说,
手休息着,舌头在跳动;
他们宁愿匈牙利当长舌妇,
不愿它当英雄。

我们的光荣的刀剑!
刚刚做成,却已经上了锈。
你们就可以着到:
以后一切都要向老路走。

我站着,像一匹骏马,
已经备好了马鞍,
它喘着气,跺着脚,等候着,
屋内的主人却还在长谈。

在建功立业的战场上,
我会不会星星似的陨去?
不灵活的懒懒的手臂
会不会将我勒死?

如果只我一人,那就无妨,
一个人不等于全世界,
可是,有千千万万
都激动地咬着马嚼①。

青年们,我的朋友们!
捆住了翅膀的老鹰,
我看到你们——心冻结了,
头脑却冒着火星!……

起来,起来,祖国,赶快前进!
难道你想半途而废?
锁链只是有一点松了,
却还不曾将它打碎!

1848 年 4 月

---

① 这是以马咬着马嚼,引申为人的空谈。

我的爱人和我的剑

在房子上有鸽子，
在天上有星星，
在我的怀里，
有我亲爱的爱人；
我的爱抚的手臂
温柔地将她抱住，
像是颤动的树叶
承受着甘露。

我既然抱着她了，
为什么不跟她接吻？
不太多也不太少，
是我的嘴唇的接吻。
我们也谈着话，
但这只是一半谈话，
还有别的一半
已经和接吻溶化。

我们的享受多大，

还有我们的娱乐,
我们的幸福
像珍珠一样闪烁!
但是我的剑
却不喜欢这样,
它从那墙上
恶狠狠地向我们望。

老剑,你为什么
恶狠狠地望着我们?
老家伙,你也许是
嫉妒着我们?
战友,你不要如此,
这对你并不合适,
你既然是一个男人,
不要学妇女的样子。

你也没有理由
要来嫉妒我,
你可以熟识一下
这我的老婆,
你可以熟识一下
这稀罕的灵魂,
上帝造得不多,
像这一类的人;

要是我的祖国
需要我的手臂,
她就亲自将你
系在我的腰里,
而且这样道别:
"去吧,你们彼此
做好朋友,你们两个!"

1848年4月

我的故乡

在这美丽的平原上,
有我的可爱的故乡,
这城市是我的生长之地,
我保姆的歌还在荡漾,
我又听到那儿歌的声浪:
"金龟子,黄黄的金龟子!"①

离开的时候还是孩子,
回来的时候已是成人。
啊,过去了整整二十年,
二十年中的痛苦、欢欣……
二十年……飞快的光阴!
"金龟子,黄黄的金龟子!"

老伙伴们,你们在哪里?
来吧,来坐在我的身旁,
让我至少看到你们一个,

---

① 这一行原是一首古老的匈牙利歌曲的第一行。

让我忘记：我已经成长，
有二十五岁压在我肩上……
"金龟子，黄黄的金龟子！"

像是树枝间可爱的小鸟，
到处飞翔着我的想象，
它又像是采花的蜜蜂，
采集了过去的一切欢畅；
这处处引人留恋的地方……
"金龟子，黄黄的金龟子！"

我吹着柳木的口笛，
我又小孩子似的玩耍，
我的竹马热情地跳着，
它渴了，我在井边停下，
它喝着，跳呀，勇敢的贝加①……
"金龟子，黄黄的金龟子！"

听，晚钟的声音响了，
我疲倦地赶马前行，
到了家里，保姆抱住了我，
又唱着催眠的歌声，
我在蒙眬的瞌睡中倾听……

---

① "贝加"是竹马的名字。这原是一般的马的名字，意思是"侠盗"。

"金龟子,黄黄的金龟子!"

1848 年 6 月 6 日—8 日之间

匈牙利人民

匈牙利人民解放了,终于解放了,
他们以前却戴上了脚镣手铐,
他们伛偻着身子,受着奴役,
他们不像是人,却像是牲畜。

匈牙利人民解放了,他们抬起了头,
也可以任意活动了,他们的手;
以前,铁链锁住了他们的手腕,
现在他们紧握着用这铁铸成的刀剑。

匈牙利人民解放了……你们却完了,德国人!
你们再也不能愚弄这国家的人民,
你们不能水蛭似的吸他们的血,
上帝在惩罚你们了,为了你们的罪孽。

斯洛伐克人、德国人难道还是这里的主子①?

---

① 当时住在匈牙利的斯洛伐克、德意志等少数民族,受了奥地利的煽动,反对匈牙利革命,支持奥地利的反动势力。

有多少勇敢的匈牙利人流血在这里?
匈牙利人的血把这光荣的祖国兴建,
匈牙利人的血保卫了它一千年!

只有匈牙利人才是主人,在这地方,
如果有谁要骑在我们的头上,
那么我们就骑在他们的头上,
用我们的马刺刺进他们的心脏!

小心,匈牙利人,小心,夜里也要警醒,
谁知道什么时候来了攻击你的敌人?
如果来了,就让他看到什么都已准备,
连垂死的人也不要留在床上安睡!

祖国和自由,就是这两个词儿,
婴儿就要首先向他的保姆学习
成年人如果在战场上遇到了死亡,
也要喊着这两个词儿,在最后的时光。

1848 年 6 月

献给国家代表会议*

你们站在大厅的台阶上，
大厅里就将决定国家的命运，
站一会儿，且不要进去，
你们先听一下我的警告……
讲话的是一人，但代表着千百万人！

那个祖国，我们的祖先
流了汗，流了血获得的
那个祖国已不存在，只有它的名字
在我们中间踯躅，像夜半
从坟墓里归来的幽灵……
那个祖国已不存在，旧时代的蛀虫
把它的墙脚咬成了碎末，
新的暴风雨又掀掉了顶棚，
它的居民只能像野兽，像鸟儿
一样地在露天下住宿。

---

* 因为一八四八年三月十五日发动的资产阶级革命的初步成就，六月间全国就开始进行普选。由人民选派的代表于七月初举行第一次的国家代表会议。本篇是作者为了庆祝这一次会议而写的。

我们的祖先一千年来干过的,
你们也应该来干一下:
以任何力量,以任何贡献,
哪怕是牺牲到最后一人,
你们也应该建立一个祖国!
一个比旧的更美丽、更长久的
新的祖国,你们应该建立起来,
一个新的祖国,那里不应该有
那骄傲的特权的壁垒,
以及黑暗的窟窿和蝙蝠窠,
一个新的祖国,那里到处都是
阳光和清新的空气,
人人都能睁开眼睛,一天好过一天。
我不是说:要把老屋的
一切基石都拿来抛掉,
但是作为基础的石头,
你们要一块块仔细考量,
不结实的,就得毫不吝惜地丢弃,
不管它与什么神圣的纪念有关,
因为基础不巩固,屋子就要遭殃。
你们的努力也都白费,
说不定有一天屋子就要坍塌,
而那随随便便盖一所新屋的人,
到那时候也就会破产。
是不是人人都考虑了,
你们献身的是一件什么工作?

你们从这里获得的光荣,
将是多么盛大,你们是否知道,
而那工作又将是多么艰巨!
谁如果不是被对祖国的热爱
和光明磊落的希望领到这里,
谁如果是被虚荣和自私诱到这里,
那么他的亵渎的脚
就不配踏这神圣的台阶,
因为他如果走了进去,再从里面出来,
伴送他的就只有诅咒和耻辱,
伴送他回去,一直同他进入坟墓。——
你们,要是在你们心里,
偶像还不曾排挤掉真神,
在你们心里,爱国主义
像庙里的神灯照耀着,
你们就进去吧,工作吧,
但愿你们的工作那么伟大、幸运,
吸引了全世界的目光,
都向你们的工作注视,
说道:大厅里的人们都得到幸福,
它的建筑者应该受到崇拜!

1848年7月4日

共 和 国

共和国,你自由的孩子,
自由的母亲,世界的恩人,
你像拉科治①一家的流亡者,
我先远远地向你欢迎!

我崇拜着你,当你还在远方,
当你的名字还被人诅咒;
只有愿意把你钉上十字架的,
才是这时最受尊重的人物。

我在这时崇拜你、欢迎你,
到了那时,你有许多忠心的人们,
你就从你的高高的地位
凯旋地俯视着地下血污的敌人。

光荣的共和国,你一定胜利,

---

① 拉科治是在匈牙利历史上的一个大贵族家族,十七、十八世纪时领导匈牙利人民反抗奥地利的民族独立斗争;斗争失败后,被迫流亡国外。

虽然天和地给你造成了障碍,
你却像是新的,神圣的拿破仑,
一定要占领这广大的世界。

假如你的闪耀着爱情的圣光的
美丽而温柔的眼睛不能使人改变;
那么你的有力的手一定能改变他,
那手拿着闪耀着死亡的危险的剑。

你一定胜利,为了纪念,
凯旋门就要为你而建立,
或者在开着花的草地上,
或者在流着血的红海里!

我只想知道,我能不能参加
胜利的辉煌华美的欢宴?
或者是,死神已经带走了我,
在深深的坟墓里守着,到了那一天?

假如到了那伟大的节日,
我不再活着,那么纪念我,朋友们……
我是共和国人,即使在地下,
在棺材里,我还是共和国人!

到我这里来吧,到我的坟头,
高声地喊着共和国万岁,

我一定听见,和平也一定降临,
傍着这痛苦的,被迫害的心的尸灰。

1848 年 8 月

三只鸟儿

我爱这样的三只鸟儿,
让我唱这三只鸟儿的歌。
我的心十分爱恋它们,
琴声也要一样地美丽,和谐,
它们已经给我许多次了,
给了我许多的幸福,欢乐。

第一只鸟儿:美丽的山雀,
它不讨厌最凛冽的冬天,
什么危险,它一点也不怕,
它愉快地歌唱,在暴风雨中间,
它欢乐地在枯枝上跳跃,
有如蝴蝶在花朵间翩跹,
像是孩子,它天真地跳着,
它来了,去了,片刻不停,
眼光还不及它的迅速。——
这正是,爱人哪,你的性情!

第二只鸟儿:可爱的夜莺,

它的窝在黑暗的树枝间藏躲,
什么也不见,在不可见之处,
是它的整个世界,这它的窝,
那里它唱着,奏起了歌声,
黄昏就压下了嘈杂的一切,
它安适地唱着,唱着颤音,
也一起欢祝着,高天和大地,
这甜蜜的歌声使我们欢乐,
在我们的最辉煌的梦境,
它的这声音关闭了悲哀
在坟墓里,又萌蘖了欢欣,
那都是胸中的神圣的爱。——
这正是,爱人哪,你的心!

第三只鸟儿:春天的鹰,
它勇敢地向太阳飞翔,
它在闪电的家乡居住,
它尽凝望着火焰的太阳。
无风的时候,它躺着休息,
假如大风呜呜地吼叫,
它就从它的睡眠中醒来,
它就投向大风的怀抱,
正如骑士在无缰的马上,
大胆地又迅速地飞行,
它一任狂风将它吹去。——
这正是,爱人哪,你的魂灵!

孩子的性情,女子的心,
男子的魂灵:啊,神妙的创造!
还是我的爱,还是我的赞美,
哪一种更大?我真不知道。

      1848 年 8 月

给 民 族

让那警钟的声音响着!
也要给我绳子一条!
我发抖了,并不是由于恐怖;
是痛苦和愤怒在心头喊叫!

痛苦——因为我看见新的暴风雨
正向我的毁灭的祖国逼近;
愤怒——因为我们一动不动,
我们仍旧睡着,睡着不醒。

这民族只醒了一会儿,
看一看这乱轰轰的世界;
于是,它又转过身去,
现在它仍旧在酣睡。

醒吧,醒吧,受诅咒的民族!
你本来可以站在最前进的一边,
可是为了你的该死的惰性,
你就落伍了,一直待在后面!

醒吧,我的祖国,如果这时不醒,
那么你就再也不能醒来,
即使醒了,你也刚来得及
把你的名字写上墓碑!

起来,我的祖国!伟大的一小时,
可以补偿一世纪的缺陷,
我们要在成千上万的旗子上
写着"成败就在此一战!"

我们长久过着偷安的生活,
这是我们的,又不是我们的国家①;
现在,我们终于要表示一下了,
是我们的事,谁也不配干涉它。

让他们将我们在世界上消灭,
如果我们的灭亡已经命定!……
我并不否认,我害怕死,
但我害怕的是死得不光荣。

不让我们活,就让我们死,
我们要死得美丽,死得勇敢,
连那些消灭我们的人

---

① 由于奥地利长久夺去了匈牙利的独立,所以作者这样说。

也要为了我们而悲叹!

让我们每一个人,让我们
都像是兹利尼①的子孙,
每一个人战斗着,也都像是
他的祖国只靠着他一人!

如果这样,我们就永不失败,
等待着我们的是生活和荣誉,
我们也会永远地占有
我们一直向往着的东西。

起来,我的民族,匈牙利人!
快快地一起走上战场去,
你要像电火一样急骤,
猛烈地向你的敌人攻击。

你不要问,你的敌人在哪里?
不管你到哪里,哪里都有敌人,
而且最大、最危险的敌人正是
那兄弟一般拥抱着你的人们。

最大的敌人就在我们中间:

---

① 兹利尼是匈牙利英雄,他与军队数目占极大优势的土耳其人作战,在战壕上牺牲。

是那卑鄙的、反叛的弟兄们!
恰如一滴毒药损害一杯酒,
他们的一个就破坏几百个人。

处他们死刑,处死他们!
不管屠夫要打击几千万次,
不管在大街上喷涌着的血
要从窗户一直流进屋子!

我们外面的敌人很容易对付,
只要先把内部的叛徒灭尽……
放开七弦琴……我跑到钟楼去,
我要敲响那报警的钟声!

      1848 年 8 月

你们为什么歌唱,好诗人?

"你们为什么歌唱,好诗人,
这样的时候,为什么还要歌唱?
世界决不会倾听着你们了,
歌声已经在战争的喧哗中埋葬。

"好孩子,放开你们的诗琴吧!
还有什么用呢,这音乐的铿锵?
你们知道,像在雷声中的
云雀的啭鸣,它一定消亡。"

也许是吧。然而鸟儿却不问
有人听见了没有,在地上?
为了自己和为了它的上帝,
云雀啭鸣着,在高高的穹苍。

歌声也从我们的心头飞去。
只要它感到了悲哀或是欢畅,
歌儿飞着,像是离开了枝头的
玫瑰花的花瓣,在风中飘荡。

唱着,弟兄们,高声地唱着,
唱得比我们以前的声音更响,
把这纯洁的、天上的和音,
混杂了地上的乱轰轰的吵嚷!

半个世界毁了……这荒漠的大地
使我们的眼睛、心都感到哀伤!
且让歌声、灵魂,像常春藤似的
满满遮住了这赤裸的荒凉。

1848 年 9 月

老 旗 手

懦夫叶拉乞支①向着维也纳飞跑，
我们的军队在他后面追着，
他很怕匈牙利军队，只得逃走；
匈牙利军队里有一个老旗手。

这老旗手是怎样的人，
他竟有那么多的热情？
我的骄傲的眼光注视着他，
这位老头子正是我的爸爸！

这位老头子正是我的爸爸。
"祖国很危险了！"这伟大的话
到了他的耳边，到了他的床上，
他就拿起旗子，不拿他的拐杖。

他的肩头担负着困苦的一生，

---

① 叶拉乞支是奥地利皇帝于一八四八年九月间派来镇压匈牙利革命的一位将军，但不久就被匈牙利国防军打败了。

还有五十八岁的忧愁和疾病，
他却忘记了一切痛苦、忧愁，
跟青年们一起，成了他们的战友，

他的两条腿，就在昨天，
几乎还不能从桌前走到床边，
今天，他却尽力赶走了敌人，
他又恢复了他以前的青春。

他为什么卷入战争的旋涡？
他没有什么需要保护，
什么财物，他一点也没有，
不必怕敌人把他的钱抢走。

连一小块的葬身之地，
他也说不上属于他自己，
然而他在祖国的保卫者前面，
依然举起他的旗子，向着高天。

他战斗着，正因为他一无所有；
有钱的人不为祖国而战斗，
他们只为保护自己的财物……
只有没有钱的人才爱祖国。

我的亲爱的爸爸，你知道，
你一向是因为我而骄傲；

现在,却有决定的变化了,
那是我,因为你而骄傲。

你值得戴上光荣的桂冠!
我只渴望着见你一面,
我一定高兴得禁不住颤抖,
吻着那高举神圣的旗子的手。

假如我再也不能见你,
我一定看到你的辉煌的荣誉;
我的眼泪是露水,洒在你坟上,
你的荣誉是晒干露水的太阳!

      1848 年 10 月 17 日—22 日之间

告　别

刚是黎明,又到了黄昏,
我刚来,却又要去了,
我们相逢了不久,
又该告别,又该分离了。
别了,我的美丽的、年轻的爱人,
我的心,我的爱情,我的灵魂,我的生命!

我从前是诗人,现在是战士,
我的手不拿琴了,却拿着剑,
向来有一颗金色的星引导我,
这时红色的北极光向我闪现。
别了,我的美丽的、年轻的爱人,
我的心,我的爱情,我的灵魂,我的生命!

并不是为了荣誉,我才离开你……
幸福的玫瑰早在我头上戴满,
已经没有戴桂冠的余地了,
也不愿为了桂冠,把玫瑰丢在一边。
别了,我的美丽的、年轻的爱人,

我的心,我的爱情,我的灵魂,我的生命!

并不是为了渴望着荣誉而离开你,
你知道:早已死去了,我这渴望,
如果需要,我只为我的祖国流血,
为了祖国,我才走上血战的战场。
别了,我的美丽的、年轻的爱人,
我的心,我的爱情,我的灵魂,我的生命!

即使没有人去保卫祖国,
我一个依然要去保卫它;
何况现在个个都参加作战,
我一个人难道还能守着家?
别了,我的美丽的、年轻的爱人,
我的心,我的爱情,我的灵魂,我的生命!

我并不要求你:想念你的爱人,
虽然他为了祖国、为了你而作战;
可是我认识你,我很知道,
只有我,是你的唯一的思念。
别了,我的美丽的、年轻的爱人,
我的心,我的爱情,我的灵魂,我的生命!

我回来的时候,也许残废了,
可是那时你依然并不变心,
我要宣誓:我带回来忠实的爱情,

正和临走的时候一样地完整。
别了,我的美丽的、年轻的爱人,
我的心,我的爱情,我的灵魂,我的生命!

    1848 年 10 月 17 日—22 日之间

一 八 四 八[*]

一八四八,你这星哪,
你正是人民的晨星!……
黎明了,大地醒来了,
漫长的夜在黎明前飞奔。
黎明已经到来,
脸儿闪着光辉,
闪着愤激的光辉的红脸
向世界射着忧郁的光线;
在惊醒的民族的眼睛里,
这红的是:鲜血、愤怒、羞耻。

奴隶的夜是我们的羞耻,
暴君哪,我们的愤怒指着你,
代替那早晨的祷告,
我们把鲜血献给上帝。
当睡着的时辰,

---

[*] 一八四八年是欧洲革命的一年,在欧洲的各个国家,都先后爆发了革命,向压迫者和封建势力进行斗争。

我们的心
被他们阴险地敲击,
只想将我们的生命消灭,
可是人民的鲜血还很足够
去呼唤上帝的复仇。

大海惊奇得静止了,
大海静止,大地却在震荡,
干燥的波浪汹涌着,
可怕的栅栏也腾空而上。
船儿在簸动……
它的船篷
满是破洞,满是泥泞,
象征着那舵手的心,
他站着,无助而且疯狂,
褴褛的紫色天鹅绒裹在身上。

广大的世界是战场。有多少手臂,
就有多少武器和战士。
在我脚下的是什么?……啊,
是碎了的王冠、断了的链子。
都扔到火里去!……
这也不合适,
我们把它们放在博物馆里,
而且注明了它们的名字,
要不然,我们的后代

就不知道它们是什么。

伟大的日子!《圣经》的预言实现:
只有一群,只有一个牧师①。
地球上也只有一个宗教:自由!
信仰异教的,就得严厉地惩治。
以前的圣者
一齐倒坏,
就用那毁了的石头雕像,
建筑崭新的、光荣的教堂,
青天将是我们的屋顶,
太阳也将是神坛上的明灯!

      1848 年 10 月末至 11 月 16 日之间

---

① 见《新约·约翰福音》第十章第十六节,原文是:"我必须领他们来,他们也要听我的声音;并且要合成一群,归一个牧人了。"

又是秋天了……

又是秋天了,它又像
往常一样,使我喜欢。
上帝才知道,我为什么爱?
可是我爱着秋天。

我在小山上坐着,
我向四下里眺望,
我又静静地听着
落叶的沙沙的声响。

太阳微笑地向大地注视,
发出温和的光辉,
正如亲爱的母亲
望着她的孩子安睡。

真的,大地并没有死去,
它只是在秋天睡眠;
是瞌睡,不是疾病,
显露于它的两眼之间。

它静静地将衣裳褪下,
又收起了美丽的衣裳;
它要换上它的新装,
到春天升起了朝阳。

睡吧,美丽的自然,
睡吧,一直到黎明,
在最甜蜜的梦境,
幸福充满了你的心。

我轻轻地用指尖
将我的琵琶弹奏,
它使你感到安慰,
那歌声的美妙、温柔。——

我的爱,你且坐下,
静静地在我身边,
听着这歌儿飘去,
像微风掠过湖面。

你吻着我,默默地,
将嘴唇贴上嘴唇,
我们不惊醒自然,
当它酣睡的时辰。

1848 年 11 月 17 日—30 日之间

这是我的箭,要向哪里射?

这是我的箭,要向哪里射?
在我前面是王的宝座,
我就对它的天鹅绒射去,
它痛得喷射着灰土。
万岁,
万岁,共和国!

王冠是太贵重了,
对于王并不合适;
对于一只驴子,怎么
能配天鹅绒的鞍子?
万岁,
万岁,共和国!

他的天鹅绒的红外套,
拿到这里来,拿给我们,
把它改作遮盖马的毯子,
那才是十分地相称。
万岁,

万岁,共和国!

让我们马上抢过来
他手中的黄金的王笏;
再给他铁锹和锄头,
叫他掘自己的坟墓!
万岁,
万岁,共和国!

这一次我只说这一点:
我们做了太久的傻子,
现在,我们应该聪明起来,
我们要爬到王的头上去!
万岁,
万岁,共和国!

1848 年 12 月

把国王吊死!

刺死了朗伯格①,勒死了拉多尔②,
还有别的也要随着这么死去,
人民哪,这才显出了伟大的力量!
这些你们都干得很好,很对,
可是,你们还可以干得更多些——
把国王吊死,把国王吊死!

我们可以用镰刀割掉一切野草,
可是今天割掉了,明天它又长起。
我们可以任意把树枝折下,
可是时候到了,它又抽出新枝;
所以你们必须把它连根拔掉——
把国王吊死,把国王吊死!

---

① 朗伯格是一八四八年九月间由维也纳反动派派到佩斯来的官吏,他的使命是来镇压革命的发展。一八四八年八月二十八日,革命人民把他从车子上赶下,杀死了他。
② 拉多尔是反动的奥地利陆军部长,他于一八四八年十月六日被在维也纳的革命者所杀,他的尸体陈列在陆军部大门前面的街灯上。

世界啊,你难道还不曾懂得
用正义的憎恨向国王袭击?
啊,我那疯狂般的憎恨啊,
我但愿能够向你们倾泻,
它尽在我的心头奔腾澎湃!——
把国王吊死,把国王吊死!

从他一出生到这世界上,
他的心就充满欺诈和恶意,
他的一生都是罪恶和耻辱,
他的恶毒的眼睛玷污了空气。
他的腐朽的血脉伤害着大地——
把国王吊死,把国王吊死!

祖国到处是凄惨的战场,
暴露着死亡遗下的可怕的尸体,
战火烧毁了城市,烧毁了村庄,
空气中弥漫着千万人的哭泣,
这一切都由于有了国王——
把国王吊死,把国王吊死!

英雄们! 如果你们不把王冠打碎,
那么你们流了的血都是白费。
那些怪物又要重新抬头,
一切灾祸又要重新开始。
难道这么重大的牺牲就此算了?——

把国王吊死,把国王吊死!

友谊和恩惠可以给任何人,
对于国王,却永远不能给!
如果除了我,没有别的人了,
由我来当刽子手,我也愿意,
我就扔下我的琴和佩剑——
把国王吊死,把国王吊死!

1848年12月

败仗,可耻的逃亡!*

败仗,可耻的逃亡! 无论到哪里,
我只看见败仗,可耻的逃亡。
就像把石头掷到泥地里,
溅起了污秽的泥浆,
我的祖国,你的脸也同样地
溅上了从战地来的耻辱,
大家愈过愈失去了信心,
想着你再也摆脱不掉你的束缚。
有谁看见过我曾经失望?
有谁说过我很胆小?
但现在,那忧愁的思虑却有时候
从遥远的神秘的未来向我来了,
它们来了,好像黑夜里的蝙蝠,
时时发出刺耳的声音,

---

* 匈牙利民族独立斗争开始时,由于军队没有很好地组织起来,在战场上就遭到了一些损失,这使得一部分人对于自由斗争的前途不免失望。但作者却写了这首诗,仍然以坚不可摧的乐观主义的精神鼓舞人民,要他们尽一切力量为最后胜利而奋斗。不久以后,这斗争就进入了光荣的阶段。

我的呼吸几乎要中断了,
我的心骤然地觉得发冷。

我的祖国,我的祖国,匈牙利,
难道你只是受诅咒的土地?
是谁,是谁诅咒了你?
自由在你的土地里,
却只像是一个流浪者,
它一会儿向你逃来,
但到了之后,它又走了,
他们残忍地将它赶开!
三百年来,我们起来了多少次,
我们英勇地要扭断那枷锁!
但我们的剑每次都掉在血河中——
从我们的被刺的胸膛涌出来的血河,
当我们晕倒在地上的时光,
我们的暴君在我们上面笑着发狂。

现在,我们又站起了……
难道我们这时候的站起,
只为了再一次的倒下?
不!我们要胜利,不然就是死!
我的祖国,战争吧,
不是死,就是胜利!
起来,起来,你不能只爱丑恶的生活,
而不爱光荣的死亡,

你不能不愿躺在坟墓里,
而只愿躺在泥沼上……
谁愿意英勇地死亡,
谁就获得了胜利。
成千上万的人们,出发吧,
从被奴役的埃及,
到自由的迦南去,
像那里的人民跟着摩西!
他们有一个上帝,我们也有,
他要火柱似的将我们领带,①
我们的敌人流着的血,
将是我们经过的红海!

1848 年 12 月

---

① 参看本书《致十九世纪的诗人》注。

写 于 除 夕

年哪,你的行程已经完了,
去吧,不要觉得寂寞,孤零,
那边的世界沉没于黑夜,
你需要一盏小小的明灯:
你就听着我的歌声。

老旧的琴哪!我抱住你,
我就拨动着你的琴弦:
由于我,你表现了自己。
你歌唱过许多。我要再弹,
你能不能再歌唱一遍?

假如你也曾知道狂欢,
狂欢吧,用了你的歌唱;
保持你的以往的光荣,
更庄严了,有你的声浪
在这庄严的时间荡漾。

谁知道呢?这一首歌

也许唱的是最后的声音；
如果我现在将你放下，
再拿起来，也许永远不能，
完了，你的声音，你的生命。

战争之神征募着我，
我去了，加入他的一团；
歌声就要默默地停下，
如果我写，我得用刀尖
写我的歌了，在这一年。

唱吧，琴哪，唱吧，亲爱的，
说吧，用尽你的力量，
说着光明，也说着黑暗，
说着温柔，也说着刚强，
也说着悲哀和欢畅。

像一阵狂风，愤怒地
将古老的槲树一气吹断，
像一阵和风，静静地、
甜蜜地微笑着安眠。
抚慰大地的花朵，在春天。

像是一面明澈的镜子，
映出了我的整个的人生，
还有两朵最美丽的鲜花：

不息地逝去的青春,
永没有终结的爱情。

倾下吧,琴哪,倾下一切,
倾尽一切你的隐藏……
向着高天,也向着大地,
正当这逝去的时光,
太阳也倾下了一切辉煌。

勇猛地唱吧,琴哪,像是
唱出了最后的歌音;
它的玎玲声永不死去!
让世纪也响应它的回声,
回旋于时代的高山之顶。

1848 年 12 月

一八四九年

欧洲平静了，又平静了……*

欧洲平静了，又平静了，
它的革命已经过去……
真可耻，它又平静了，
它不再将自由争取。

那些卑劣胆小的民族，
他们单单把匈牙利抛在一边；
他们的手上都是锒铛的铁链，
匈牙利人手上却是铿锵的刀剑。

难道为了这样就要绝望，
为了这样就要伤心？
不，祖国呀，这一件事
反而给予我们热情。

我们的灵魂受到了鼓舞，

---

* 一八四八年在柏林、维也纳、巴黎等地发生的革命，到了写作本篇的这时，都已经失败了，只有匈牙利人依然尽力为自由而战斗着。马克思对于这一次英勇的战争，曾经表示过很大的赞许。

因为我们就是灯光，
当别人都睡觉了的时候，
它在黑夜里放射着光芒。

假如我们的光明
不能照彻无边的黑夜，
那么，上天就以为是
这世界已经被消灭。

看我们吧，看我们吧，自由啊！
认一认你自己的人民：
我们给了你我们的血，
在别人连眼泪也不敢给的时辰。

就是这，难道还不值得你的
祝福，难道还不值得？
在这不忠实的时代，我们是
你最后的唯一忠实的拥护者！

1849 年 1 月

作　战

愤怒遮遍了大地,
愤怒布满了天空!
太阳的光线照着,
在鲜红的血河中!
太阳沉下于大海,
紫色的波浪重重!
前进,战士们,
前进,匈牙利人!

苍白的太阳望着,
透过了黑的云朵,
惊心动魄的武器
在烟雾之中闪烁,
黑黝黝地弥漫着
烟云阵阵的炮火,
前进,战士们,
前进,匈牙利人!

死亡分散于四方,

噼啪的枪声连连,
大炮雷一样轰着,
它震动了这世间;
处处是荒凉破灭,
在大地又在高天!
前进,战士们,
前进,匈牙利人!

奋勇作战的狂热
在我的心头腾沸,
我沉醉地吸入了
烟熏血污的气味,
我向着死亡前进,
率领着我的军队!
跟着我,战士们,
跟着我,匈牙利人!

> 1849年3月2日—3日之间

我又听到了云雀唱着

我又听到了云雀唱着。
我已经全然将它忘记。
唱吧,你春天的使者!
唱吧,亲爱的,这使我欢喜!

上帝!这多么感动了我,
作战之后,这甜蜜的歌唱。
啊,正如清冷的流水,
洗濯着焦灼的创伤。

唱吧,啭鸣吧,亲爱的小鸟!
使我记起来了,这声音,
我不仅是杀人的工具,兵,
我也是一个人,一个诗人。

你的歌声使我记起了,
记起了爱,记起了诗,
也记起这两位女神的祝福,
在过去、在未来的日子。

记忆、希望,这两株玫瑰树
又因了你的颤音开放,
它们垂下美丽的枝条,
靠着我的沉醉的心房。

我梦着,这幻想的安慰,
这么狂欢又这么甜蜜……
我梦着你,真心的小天使,
我热烈地、忠诚地爱你。

我心头的天国的幸福,
你,上帝将你给了我,
为了说明:天国不在天上,
在地下,这里正是天国。

唱吧,小鸟!你甜美的声音
也使花朵开放了;你看,
我的心原来是怎样的沙漠,
而现在——却成了花园。

1849 年 3 月 8 日

爱尔德利的军队[*]

老贝谟①是身经百战的自由战士,
我们怕什么? 他带我们走向战场!
奥斯德罗林卡②的惨淡的落日
对我们闪耀着复仇的红光。

那就是他,我们的白发领袖;
他的白须像白旗一样飘动;
这就是我们的战斗
以后的和平的象征。

---

* 爱尔德利是匈牙利文的特兰西瓦尼亚,现属罗马尼亚。爱尔德利的军队由贝谟将军统率,匈牙利兵士们非常敬爱这位年老的军人,称之为"小父亲"。

① 贝谟(1795—1850)是波兰军人,一八三〇至一八三一年波兰独立战争中的领导人之一。一八四八年他为了保卫维也纳与奥地利军队作战,失败后又到匈牙利,担当爱尔德利这方面的战事,至一八四九年七月三十一日在瑟格斯伐尔大败时为止。(当时俄皇尼古拉一世派了十余万大军侵入匈牙利,援助奥地利,在贝谟将军部下服务的裴多菲即死于此役。)

② 奥斯德罗林卡是波兰地名,在华沙之北。一八三一年五月二十六日贝谟将军与俄军作战于此,展现了他卓越的军事天才。

那就是他,我们的老领袖,
跟着他的是我们,祖国的青年们,
大海的奔腾澎湃的浪头
也这样跟着暴风雨前进。

波兰和匈牙利,两个伟大的民族,
两个民族在我们之间团结一致;
如果向着共同的目标前去,
还有什么命运能将他们阻止?

我们共同的目标完全一样:
摔掉我们共同戴着的镣铐,
祖国啊!凭你的深的、红的创伤,
我们宣誓:我们一定要把它摔掉!

听见了吧,你戴着王冠的盗寇!
来吧,让你的雇佣兵向我们开仗,
我们就要用他们的尸首
给你造成到地狱去的桥梁。

老贝谟是身经百战的自由战士,
我们怕什么?他带我们走向战场!
奥斯德罗林卡的惨淡的落日
对我们闪耀着复仇的红光!

1849 年 3 月 26 日—27 日之间

勇敢的约翰

一

太阳的光线热烈地照着,
从天上照着那年青的牧羊人。
即使没有这样焦灼的阳光,
那牧羊人已经度着太热的光阴。

青春的胸中燃烧着爱情的火焰,
他就这样地在那村子的尽头牧羊。
他的羊群分散在村子的尽头吃草,
他很闲暇地躺在大氅上。

在他四周的花海吐出清香,
花朵并不引起他的注意;
他只惊奇地注视着那边:
距离一石之遥的银色的河里。

但他也不注视河里波浪的闪耀,

却注视着河里一个金发的姑娘——
注视着那姑娘的窈窕的腰身,
和她的长的发辫,圆的胸膛。

那姑娘把她的裙子齐膝卷起,
因为她正在那河里洗着衣服;
她的美丽的雪白的膝弯露在水面,
啊,是库可力查·扬启①的快乐的天国!

那个在草地上的牧羊人,
就是我们的库可力查·扬启。
那个在河里洗衣服的姑娘,
就是伊露士卡②,他的心头的宝贝。

"我的宝贝,伊露士卡,我的一切!"
库可力查·扬启热情地开言:
"望着我呀,在这全世界上,
你是我的唯一的欢乐的源泉。

"你的亮亮的眼睛向我望着,
从水里出来呀,来到我的胸前;
到岸上来呀,我要把我的灵魂
安放在你的红唇的接吻之间!"

---

① 扬启,雅诺士(即约翰)的爱称。
② 伊露士卡,伊洛娜(即海伦)的爱称。

"你知道,亲爱的扬启,我早已来了,
如果我的工作不这样紧急;
我赶快地做去,却还要受到虐待,
因为我是个后母的孩子。"

金发的伊露士卡说了这话之后,
她又匆匆忙忙地洗着衣服。
那时候这牧羊人就起身走去,
更近了,又引诱似的诉说:

"来呀,我的鸽子!来呀,我的斑鸠!
我已经预备了拥抱和接吻;
你的坏妈妈此刻不会到这儿来,
不要使我盼接吻盼到昏晕。"

他甜言蜜语地将她从水中引出,
就用了两臂将她温柔地拥抱,
吻她的嘴,不止两次,不止百次:
多少次,那只有上帝知道。

二

时光迅速地飞去,在那边,
黄昏已经映红了河里的波浪。
那可恶的母亲在家中大怒地嚷着:
"这姑娘在哪儿了,她在哪儿延宕?"

那凶恶的母亲有了这样的思想；
她想后,就说了这样的话,
当然是不很快乐的声音：
"她也许坐着偷懒,我要去看一下！"

正向你来了,伊露士卡,孤独的灵魂！
看,那个狂暴的巫婆已经走近；
她的宽广的肺,她的阔大的嘴,
将你从爱情的梦中突然喊醒：

"吓,淫贱的女人！你无耻的东西！
你竟干这全世界都讨厌的恶事？
你偷去了时间,你丢脸……
叫魔鬼马上把你带去——"

"妈妈,现在你也吵嚷得够了！
闭住你的嘴,不然我就把它胶起。
只要你敢轻轻地碰一碰伊露士卡,
我就会打掉你嘴里剩下的牙齿！"

这勇敢的牧羊人保护着
他的发抖的情人,挡住无理的责骂；
后来,他的眼睛沉没在愤怒中了,
给刚才说过的又加上这些话：

"你不要再虐待这孤苦的姑娘,
如果你不愿意你的屋子烧掉。
她真太辛苦了,有这么多的工作,
所得到的却只有硬的面包。

"你去吧,伊露士卡!你有你的舌头,
可以来告诉我,如果她再将你虐待。——
还有你,坏妈妈!不要管别人的事,
年青时候,你也不是道德的模范。"

库可力查·扬启披上大氅,走了,
他要去招集他的一群羊,
啊!这正是多么重大的恐怖:
只剩下不多几只了,在邻近的地方。

三

太阳已经向着地面下沉,
那时候扬启只招集了半数的羊;
还有缺少了的一半羊群:
谁给抢去了?是贼呢,是狼?

不论它在哪里,它总是很远了;
什么也不中用:寻觅或是忧愁。
那怎么办呢?最后他决定了,
领着剩余的羊群向家里走。

"你完了,扬启……现在你完了!"
在痛苦的踌躇中,他想着心事。
"即使没有这,主人也很容易发怒,
唉,现在是……只能听上帝的意旨。"

他想着这,再也说不出一句话;
他已经到了院子里,带着一群羊。
门前站着他的暴躁的主人,
就来计算羊的数目,跟往常一样。

"不必计算了,我的好主人!
为什么?——已经有一大半缺少;
这怎么办呢?我真懊悔!"
库可力查·扬启对主人如此说道。

他的主人喃喃地回答说,
同时他捋着胡子,又用力捻起:
"扬启,不要装傻,我受不了玩笑;
不要让我发怒,如果和平你更欢喜。"

但是明白了:这件事并非玩笑,
那主人发怒得几乎失了理智。
他像疯狗一样地大声喊着:
"拿叉来,拿叉来!……刺通他的身子!

"看这个贼!看这个绞死的坏子!
叫乌鸦来啄去他的眼睛!……
难道这是我教养他的报酬?
吓,一定逃不过绞死的麻绳!

"滚开,无赖,滚出我的屋子!"
这狂怒的人喷出了这样的字句;
他抢住了一根粗大的秤杆,
渴望着报复,迅速地向扬启追去。

库可力查·扬启跑得很远了,
但这并不是只为了恐慌,
他虽然还不曾见过二十个冬天,
却自信有抵抗二十个人的力量。

他跑了,他明白地、正确地知道,
此刻他的主人的大怒实在应当;
倘若争斗起来,他能打那人吗,
那人保护他,看待他,像儿子一样?

他跑着,直到他的主人透不过气来;
后来就走着,休息一下,又走着,
向右还是向左,他向哪一边去?
他不知道,头在烦恼中发烧。

四

当河里的波浪变成了明镜,
星星的眼睛在那里惊奇地闪耀:
扬启忽然到了伊露士卡的园子里;
他怎么来了,他自己也不知道。

他停下了,拿起他的可爱的牧笛,
吹出了他的最凄凉的调子;
在树林里和草地上的露珠,
也许是可怜的星星的泪滴。

伊露士卡已经睡了。她的地上的床铺
就在前廊,依照夏天的习惯。
她一听到这熟识的歌声,
是她的情人,她就起身跑出房间。

会见了扬启,并不给她安慰,
她说着,受到了更大的惊慌:
"啊,亲爱的!你的脸为什么这样苍白,
正像秋夜的不圆满的月亮?"

"啊,伊露士卡!我悲痛得苍白了,
我看到你美丽的脸,也许是最后一次……"
"扬启!一见到你,我已经吓坏了;

啊,不要说这样的话吧,为了上帝!"

"这是最后了,我看到你,心的春天!
这是最后了,我给你吹出牧笛的哀调;
这是最后了,我爱恋地吻你,拥抱你,
唉! 我永远地离开你,永远地告别了。"

这不幸的人说明了一切,
就冲到那哀哭的姑娘的胸前,
他拥抱着她,却转过了眼睛:
他的滚滚的眼泪,不让那姑娘看见。

"现在,美丽的伊露士卡,灵魂的宝贝!
上帝祝福你,常常记起我远在他乡。
如果大风吹掉了无叶的枝条,
也要回忆你的情人是在流浪。"

"现在,亲爱的扬启,去吧,如果必须去,
但愿上帝一路不停地保佑你!
如果你在路上见到凋谢的花朵,
让枯萎的爱人也引起你的记忆。"

他们别了,像树枝和树叶;
两颗心遇着了冰冻的冬天。
伊露士卡的纯洁的脸上滴着眼泪,
扬启就用了阔大的衣袖擦干。

他去了;并无一定的方向:
在他是全然一样,不拘往哪里走。
他去了,简直一点也不注意
吹啸着的牧童和玎玲着的一群牛……

村子远远地在他的背后了,
他已经望不见游牧的灯火;
当他最后转过他的眼睛去,
他只见到黑的幽灵——宝塔一座。

假如路上有人在他的身边,
就会听见他的沉重的、悲哀的呻吟;
许多白鹤高高地蹿上了天空,
它们却不曾听见,只不息地飞行。

他去了,向前去了,在寂静的中夜,
只响着他肩上的皮衣的声音;
他感到他肩上的皮衣的沉重,
虽然最沉重的却是他的心。

五

太阳升起了,它送走了明月,
扬启的周围是一片大海似的荒原;
从太阳升上直到太阳落下,

这平原的大地无边无际地伸展。

他看不见树木、丛林、花朵,
只有闪耀的露珠微笑于小草之中;
白昼的光明的第一道光线照着,
旁边,围着灯芯草的湖水映得微红。

鹭鸶正伸出了长颈寻觅着蛤蟆,
在湖岸上,在灯芯草地的中央,
捕鱼的鸟群在湖中,巡视地、
不停地猎着,张开了长的翅膀。

扬启去了,带着自己的影子去了,
又带着无数的黑暗的忧愁;
整个荒原已经披着灿烂的光明,
夜中之夜却在他的心里停留。

扬启想着要吃些什么了,
当太阳升到了最高的天顶,
他只在昨天中午吃了一餐,
此刻他的疲倦的脚几乎不能前进。

他坐下了,在他的背囊里搜寻,
寻到了猪油和面包,他把一切吃尽。
望着他的有青天和热烈的太阳,

还有德力巴勃①:明眼的仙人。

这次的午饭很少,他却吃得很有味,
觉得渴了,他就走到湖边,
用帽子的边缘舀着水,久久地喝着,
他这样地熄灭了渴火的烧煎。

他就不再从那岸边走远,
睡眠已经拉下了他的眼睑;
他靠在鼹鼠掘出的泥丘上,
让他的失去的气力复原。

梦即刻带了他到原来的地方,
他拥抱了伊露士卡在他的怀中,
当他正要跟这姑娘接吻的时候,
突然,威武的雷声驱散了他的梦。

他看一看这周围的田野……
正是临近大雷雨的时候。
愤怒的风暴向着他扑来,
恰如致命的苦痛一样急骤。

黑暗已经包裹了全世界,

---

① 德力巴勃,在匈牙利的平原中,炎热的夏天因日光的屈折而起的幻象,映出了远处的湖、塔、森林、牛群等等的倒影。

天空中雷声轰隆,电光闪烁;
最后,开放了云层里的水管,
混浊的湖水都喷着密密的泡沫。

扬启靠着他的粗大的手杖,
他又拉下了帽子的边缘,
也翻转了他的那件大氅,
对着疯狂的风暴定睛细看。

风暴骤然地来了,发着怒,
又骤然地去了,休息了,一样快。
云也跟随了轻浮的风飞行,
横在东方,闪现着一条虹彩。

扬启抖去了大氅上的雨水,
抖去了之后,他又向前走。
太阳已经爬进床里休息了,
他的脚依然拖着他,在那时候。

他的脚拖着他走进林中,
走进了黑暗的、稠密的森林;
那里有乌鸦叫着,欢迎这流浪者,
它正在啄食死了的野兽的眼睛。

森林和乌鸦都不能阻挡他,
库可力查·扬启永远地前行;

在森林中向着黑暗的路上，
黄色的月光送来了光明。

六

大约已经到了夜半的时候，
一点光明闪耀在扬启的前面，
他走近了，看那一道朦胧的光线，
是来自森林里面的窗间。

看见了这之后，扬启就这样想着：
"一定如此，啊，我谢谢上帝！
这想必是恰尔陀①里的火光，
我要进去，夜里我要休息。"

但是扬启错了，那并非恰尔陀，
在那屋子里有强盗十二个。
这屋子已经毫不觉得冷落：
十二个强盗合成了一伙。

黑夜、盗党、手枪、砍和刺的武器，
我们想，真不是玩笑的事情；
扬启的胸中却有的是坚定的心，
看哪！他大胆地向他们前进。

---

① 恰尔陀，荒原中的酒店。

扬启就向他们致敬着说道：
"愿上帝赐给十分幸福的夜晚！"
那些强盗立刻抓起了武器，
他们准备攻击了，那首领又大喊：

"你是谁呀？吓，你这不幸的人！
你竟敢走进这屋子的门槛。
你有母亲和妻子吗？你要明白，
她们再也不能和你相见！"

扬启的脸色并不变得更苍白，
他的心也并不跳得更迅速；
对于那个首领的威吓的话，
喏，他回答了，一点也不恐怖：

"在无聊的生命中觉得满意的人，
他们是聪明的，将你们避开。
我的生命却只使我苦恼，
无论你们是谁，我都敢前来。

"所以，如果你们愿意，让我休息，
在这一夜，让我享受和平；
如果不，那就杀掉我，我也等着，
我真不愿防卫我的讨厌的生命。"

扬启静静地等待着回答,
那一群强盗都大大地惊异。
那首领就走到扬启身边:
"兄弟!我要告诉你我心头的秘密;

"嘿,魔鬼的勇士,出色的伙伴,
上帝生下你来,是为了我们!
你轻视你的生命,你不怕死……
让我们握手……我们需要你这样的人!

"偷窃、抢劫、暗杀:是我们平常的玩笑!
勇敢的玩笑,它的报酬却无限。
看,一桶桶的黄金!一块块的白银!
好,你可愿意,做我们的伙伴?"

奇怪的思想经过扬启的心境,
他似乎是十分愉快地开言:
"我是你们的了,这是我的忠诚的手!
啊,我的丑的一生中最美的时间!"

那首领就说道:"那真是更美了,
兄弟们,来祝贺这结义的欢宴!
牧师的酒窖装满了葡萄酒,
让我们把深深的酒杯喝干。"

在酒杯中的深深的底里,

他们的思想就在那里埋葬；
我们的扬启却很有节制，
不顾劝诱，只喝下点滴的小量。

酒把睡眠送到那些强盗的眼睑上……
扬启的时候到了！他早等待那时候！
那沉醉的一群完全睡去了，
他就这样说着，正在那时候：

"晚安！……没有别的来叫醒你们了，
只有那喇叭声，上帝的最后的裁判！
你们已经熄灭了许多生命的烛火，
我也要送给你们永久的夜的黑暗。

"我再打开宝库！装满了背囊，
带回家去，亲爱的伊露士卡，带给你！
你的后母不再虐待你，像奴婢一样，
我要娶你了，连上帝也愿意。

"在村子的中央，我要盖一所屋子，
我要带了你，温雅的妻，到那地方；
那儿，我们在幸福的爱情中生活，
像亚当和夏娃①住在天堂……

---

① 《旧约·创世记》中说，亚当和夏娃是上帝创造的第一个男人和第一个女人。

"我的上帝!创造者呀!我说了什么?
我竟会要这样宝库中的财富?
我竟会拿这种该死的金钱,
一个个的钱也许都染着血污?

"我碰也不碰它……恶念去吧!
我的良心不能这样作恶!
再在孤寂中担负吧,伊露士卡,
就依了上帝的意旨生活!"

扬启说过了这些话之后,
就带了燃着的烛火,走出房间,
他点着了那屋顶的四角,
一会儿,咬啮着发怒的火焰。

立刻,那茅屋处处都在燃烧,
向着天空,飘荡着火焰的红舌,
烟云遮黑了青青的天,
圆满的月亮也苍白了脸颊。

因为不常见的光明的照耀,
蝙蝠和猫头鹰都恐怖地飞行;
它们迅速地、飒飒地飞着,
冲破了树叶的帐幕里的凄清。

明朗的太阳投掷第一道阳光

到废墟上,到那冒烟的房屋,
当它爬进了窗隙,它惊奇地
看着那些强盗的油烟的骸骨。

七

扬启流浪到远远的他乡,
连那些强盗的家,他也不再忆念;
在他前面,看,微微地闪耀着:
照在武器上的太阳的光线。

看,轻骑兵来了,美丽的轻骑队,
辉煌的太阳在他们的武器上闪耀;
马儿打着嚏,蹄声嘈杂地响着,
骄傲地耸着美丽的鬃毛。

扬启向他们走得更近了的时候,
他的心就几乎把持不定,
想着:"唔,如果他们肯收录我,
兵士的生活在我是怎样的高兴!"

当轻骑兵经过扬启身边,
那一位队长对他玩笑地发问:
"嘿,小心!你要踏着你的头了……
你为什么那样地不开心?"

扬启吹着气,开口回答:
"我是流浪人,在这广大的世界上;
但是,如果我像你们一样,
我也就能够凝视这光明的太阳。"

那队长说:"你想一下,兄弟! 我们去,
不是为了娱乐,是为了血战。
土耳其军队正在攻击法兰西人,
去救护他们,我才带领这一队向前。"

"当我跨上了马鞍的时候,
我就不知道更有价值的事情;
如果我不去杀,悲哀要杀我了——
啊,我整个的心怂恿我去战争。

"真的,直到现在我只知道驴子,
这就够了,牧羊人的技能。
上帝为匈牙利人创造了马和马鞍,
我正是匈牙利人——有骑马的热情!"

扬启用舌头说了许多,
但说得更多的是他的闪耀的眼睛;
这样的行为立刻使队长满意,
他就收录扬启当一名新兵。

啊,怎样的歌声才能够描写:

当扬启穿上了红色的军裤,
又穿上了金边的制服,向着太阳
挥着灿烂的剑的时候的情绪!

正当扬启跨上了马鞍,
烈火一样的马就跳向天空,
他像石块一样坚定地骑着,
连地震也不能将他移动。

他的同伴永远地称赞他,
全心地惊异他的气力、他的美丽,
无论他们到了哪里,在兵站休息,
离别了,常常使那里的姑娘们悲啼。

说起了她们,对于扬启怎样?
她们之中谁也不能使他动心,
真的,他已经走过许多地方,
却永远寻不到伊露士卡一样的人。

八

前去,我们的轻骑队更向前去,
已经到了鞑靼国的国境之内;
这里遇到了威吓他们的危险:
来了一支狗头鞑靼的军队。

那个鞑靼人的狗头国王,
就对匈牙利的一队招呼:
"你们怎么敢踏进我们的地方?
你们难道不知道:我们吃的是人肉?!"

鞑靼人比他们多一千倍,
可怜的匈牙利人感到重大的恐慌;
幸而,恰巧正在此地旅行,
那一位好心的、温和的萨拉森①王。

他很愿意帮助这轻骑队,
因为他曾经在匈牙利旅行,
那时候,虔诚的匈牙利人
都对他真心地、殷勤地欢迎。

这王就热情地保护这一队,
因为他的好感还在记忆中存留。
他说着这样的和解的话,
对鞑靼国王,他的好朋友:

"啊,朋友!饶恕这一队匈牙利人吧,
真的,它一点也不会损害你。
我也很熟识这勇敢的民族,
为了我,让这一队人过去。"

---

① 萨拉森,在叙利亚和阿拉伯之间的沙漠中的游牧民族。

鞑靼国王立即温和了,说道:
"为了你,我允许这,亲爱的同伴!"
他自己还签发了一张护照,
让这勇敢的一队不再遇到困难。

这些轻骑兵果然很顺利了,
他们只快乐地向边境前行,
不足为奇,在这可怜的国土,
除了无花果和熊肉,就没有什么产生。

九

多山多谷的鞑靼国,穿过了云层,
注视着这些轻骑兵的背影,
他们已经走进了意大利,
在迷迭香丛林的浓荫之中。

这一队在这里一无可记,
只有不得不与严寒斗争,
在意大利是永远的冬天;
他们只能在冰雪之间经行。

匈牙利人的伟大的天生的力量,
却胜过了可怕的冷酷的严寒;
并且,当他们感到寒冷的时候,

他们下了马,又背着它们向前。

一〇

他们这样到了波兰的边境,
穿过了波兰,又向着印度;
法兰西正是印度的邻国,
但是那条通路却是艰难的路。

印度的中部多的是小山,
那些小山又时时在生长,
当他们到了两国的交界之处,
那些高山已经要接触天堂。

当然,这一队已经流着汗了,
他们就卸下了制服和围巾……
为什么不呢!凭上帝!他们看见太阳
在头上照耀,只有一小时的路程。

他们在那里得到的食物,
只有浓厚的空气,可以咬嚼。
渴了,就从云朵里绞出水来:
是我们的一队的奇怪的饮料。

最后这骑马的一队到了天顶;
太热了,只能在黑夜前行。

也渐渐地迟缓了,只怕滚下:
常常绊着马脚,那一颗颗的星星。

他们流浪在稠密的星群之间,
扬启忽然有了这样的思想:
"他们说,当一颗星落下,
在地上总有人就要死亡。

"幸而,你的运气好,坏妈妈!
我不知道哪一颗星是你;
否则,现在我掷下你的那颗星,
你就再也不能虐待我的鸽子。"

以后,他们走上了倾斜的山坡,
一群的高山渐渐地低了,
当他们到了法兰西的时候,
可怕的热度也渐渐地息了。

一一

法兰西是值得惊奇的地方,
正是天上的乐园,真的迦南,
土耳其人来了,抱着掳掠的心愿,
这就很够他们狼吞虎咽。

当这些匈牙利人到了那里,

土耳其的军队已经到处掳掠；
他们喝干了一切的酒窖，
抢去了教堂里的黄金和宝石。

各处的城市爆发着威吓的火焰，
谁碰到他们，谁就被杀戮，
那一队凶人还掳去国王的独女，
又将国王从王宫赶出。

我们的一队寻到了法兰西王，
他痛苦地在自己的国中流浪；
匈牙利骑兵都噙着同情的眼泪，
看到了他的这样的下场。

那流浪的国王吐出了这样的声音：
"正是多么悲惨的境遇！啊，朋友们！
以前，达莱阿思①不能和我比富，
现在，我却同最大的贫苦斗争。"

诚实的轻骑队长安慰他说：
"国王陛下！请你不要烦恼。
那些这么卑鄙地冒犯了你的恶徒，
我们一定要使他们悲哭着舞蹈。

---

① 达莱阿思，古波斯王，以富著名。

"在这一夜,我们要休息了,
费力的长征已经使我们疲倦;
我们要为你夺回失去的王国,
当明天的太阳升到高天。"

"我的女儿,可怜的女儿在哪儿?"
那国王说道,"我可以到哪儿寻觅?!
那个土耳其司令掳去了她……
让她嫁给那救出她的勇士。"

对于匈牙利队,这真是重大的鼓励;
一切勇敢的心都抱着希望。
大家的头脑里也下了决断:
"不是我救出她,就是我自己死亡。"

在孤独中的库可力查·扬启,
一点也不注意国王的话;
别的思想在他的头脑里经过:
他只回忆他的美丽的伊露士卡。

一二

太阳像平常一样在早晨升起,
但是并不天天经历这样的景象,
像它这时候坐在地平线上,
所听见的、所看见的一样。

响着军号的警报的声音,
大家都跳起了,准备作战;
迅速地磨好了他们的刀剑,
活泼地装好了他们的马鞍。

那国王也固执地不顾一切,
他要骑上马同他们去打仗;
这聪明的匈牙利轻骑队长
却如此劝导那年老的国王:

"国王陛下!请你离开这场战争。
去打仗是太弱了,你的手臂;
时光虽然保存了你的勇敢,
惜乎已经同时光去了,你的气力。

"把你的事情信托上帝和我们;
我们答应,到傍晚的时光:
我们一定已经赶走了土耳其人,
你也就能够重新坐在王位上。"

这匈牙利的一队一齐上马,
急急地追寻那班乌合的强盗;
不多久之后,就寻到了他们,
派了使者,对他们将战事宣告。

使者回来了,军号又吹着,
开火了,响着可怕的咆哮;
喉咙的呼喊,刀剑的打击,
是匈牙利人战争时的信号。

他们锐利地刺踢着马的两边,
马蹄声在地下响着,像打雷一样;
也许大地的心也恐怖地跳动着,
因为这十分危险的、吓人的声浪。

那个凶暴的七条马尾的帕夏①,
他的肚子有五只提桶一样巨大;
他那因了喝酒太多而发紫的鼻子,
你会想象它是一条成熟的胡瓜。

乌合的土耳其兵的大肚子司令,
这时候就排列了作战的队伍;
但土耳其兵却像木头一样呆着,
当我们的一队整齐地跳出。

战争真不仅仅是玩笑,
这次的结果是:可怕的混乱;
绿的田野变成了红的海洋,

---

① 帕夏,土耳其的高级军官及首领之称,在战场上,以马尾的多少为表示等级的标记。

真的是！土耳其人流着血汗。

啊,狂热的日子！成千的砍着的刀声！
土耳其人的尸体已经堆积如山。
那帕夏还活着,他的肚子膨胀了,
他看准库可力查·扬启,挥刀就砍。

库可力查·扬启并不把这当作玩笑,
他立刻向他攻击,呐喊一声:
"兄弟！当作一个人,你实在太大了;
我一定要把你分为两个人！"

他这么说着,也就这么做,
将那土耳其帕夏劈成两半,
他先生就如此突然地死掉,
倒下在那匹流汗的马的两边。

那些胆怯的土耳其人看见了这,
就转身逃了,好,他们逃命！
他们跑了,恐怕到现在还跑着,
假如这些轻骑兵不追上他们。

追上了他们,就用刀剑屠杀;
像罂粟花一样,落下土耳其的人头。
只有一个还骑着一匹喘着气的马,
库可力查·扬启就追在那人之后。

那个骑马的是帕夏的儿子,
他的膝上似乎有白光闪烁。
这白光正是法兰西的公主;
她晕去了,已经失了知觉。

扬启追了好久,终于追到了他,
挥着剑,喊着:"鬼东西,站住!
不然,我立刻撕开你身上的门,
凶恶的灵魂就从那儿走到地狱。"

帕夏的儿子真不愿意站住,
可是他骑着的马却在地上跌倒,
它倒下了,吐出了最后一息,
帕夏的儿子也呻吟着求饶:

"啊,饶恕我吧,勇敢的贵人!
你的心一定会怜悯我的青春的生命;
看,我是青年,生命的快乐在唤我……
拿去我的一切,只要让我生存!"

"一切你都带去,胆小的奴才!
我的剑不屑杀你这样的人。
滚开吧!去告诉你的国家,
它的暴兵已经遭了怎样的命运。"

他跳下了马,走近那个姑娘,
让他惊奇的是她的明澈的眼睛,
这在她苏醒的时候睁开了,
她的嘴唇又发出温柔的语声:

"啊,救我的人!不必问什么名字,
我只说明:我的深深的感激。
我愿意依了你的命运做去,
我就是你的妻子,如果你愿意。"

扬启的血脉停止流动了,
重大的争斗,在他的心头;
他忽然又记起了伊露士卡:
就静下了他的心头的争斗。

他和蔼地对那温雅的公主说道:
"亲爱的,我们先去见你的父亲!
在那儿我们再仔细讨论这事。"
他就同了她,牵着马缓缓前进。

一三

库可力查·扬启和那国王的女儿
在日落的时候到了战场。
太阳已经燃烧着最后的光线,
它红红地望着这可悲的田庄。

那儿是什么?血污的死亡,
高飞的乌鸦向着死人堆;
太阳也发现不了什么快乐,
不久就沉下于青青的海水。

田庄之旁有一个大的圆池,
它的金色的水永远地澄澈,
现在,池水已经变成红色了:
匈牙利军队在这里洗下了血迹。

当轻骑兵都洗净了的时候,
他们陪伴着国王走向宫殿;
国王的宫殿在邻近的地方……
他们就送国王到了那边。

军队刚走进了宫殿,
库可力查·扬启正好从那边前来。
国王的女儿就在他的身旁,
恰如白云旁边一道辉煌的虹彩。

那年老的国王一望见她,
他欢乐得发抖了,跑到她的面前,
热烈的吻在他俩的嘴唇上烧着,
在长长的接吻之后,国王才又开言:

"我的快乐的表册已经填满了!
来人哪!快把那厨司叫来!
为了欢宴这些英雄,
要他准备很丰美的晚餐。"

"国王陛下!不必去叫厨司了!"
响着这样的声音,在国王身边,
"我已经匆忙地准备了一切,
就陈列在隔壁的房间。"

在那些勇敢的轻骑兵听来,
厨司的话真有极美的声音;
他们就活泼地在摆满的桌边坐下,
并不等待许多次的邀请。

像他们杀尽了土耳其的一队,
一样凶狠地吃尽了饼和肉;
不足为奇:勇士们早已饿了,
当他们还从事于土耳其的屠戮。

酒壶移动着,去了又来了。
那时候国王又说着他的话:
"现在听着,啊,勇敢的贵人们!
我的话的确是重大又重大。"

大家都很注意地静下来,

只怕国王的话随便地滑过,
他喝一口酒,干咳一下,站了一会儿,
于是,他用这话冲破了静默:

"最要紧的是:请问你的姓名,
啊,救我女儿的人,高贵的勇士!"
"我的姓名是库可力查·扬启,
虽然是乡下人的,却并不可耻。"

库可力查·扬启这么回答。
国王又这样地对他说道:
"现在,我给你另一个名字:
勇敢的约翰就是你的称号。

"我的亲爱的独女能够自由,
勇敢的约翰,是靠了你的帮助,
同她一起坐在王位上吧,
同她结婚,做她的好丈夫。

"在王位上,我已经坐够了,
在它上面头发花白,在它上面衰老,
抱着轻松的心情,我要让位,
这太使我疲倦了,君主的烦劳。

"我放我的王冠在你的头上,
我不再需要这灿烂的王冠,

只须在宫中给我一间小屋,
我就在那儿度我的余年。"

这就是那国王所说的话,
那些轻骑兵听了,大为惊奇。
勇敢的约翰却用了谦虚的字句,
回答他的这光明的提议:

"感谢你,陛下,感谢你的好心,
这好心,我真担当不起;
但是,我不得不告诉你,
我实在不能接受你的恩惠。

"我的故事未免拉得太长了,
如果我将拒绝的原因说明;
我怕那些话只能使你厌烦;
怕厌烦也正是我的性情。"

"我们愿意听哩,讲吧,孩子!
你的怕厌烦实在没有道理。"
法兰西国王对他这么怂恿着,
勇敢的约翰就讲述了如下的故事。

一四

"我怎么起头呢?……还是按着次序,

什么是我姓库可力查的原因?
他们在玉蜀黍田里寻见了我,
因此,这样的姓就加上我的身。①

"那个农夫的好心的妻子,
当她到那玉蜀黍田里去,
——她谈起这事,已经许多次了——
她看见我躺在田沟里。

"她觉得我可怜——我呱呱地叫着——
她举起了我,抱在她的胸怀,
在回家的路上,她就决定了:
'我要养育他,横竖我没有小孩。'

"可是她有一个暴躁的丈夫,
我的出现并不使他欢喜,
咳!当他在屋子里看见了我,
他就不息地诅咒着上帝。

"她用了这样的话劝他道:
'爸爸②!你不必这样发怒。
如果我残忍地让他死去,
我又怎么希望上帝的帮助?

---

① 匈牙利文的"库可力查"的意思是玉蜀黍。
② 有许多国家,夫妻相称常用爸爸、妈妈。

"'在我们家里,他不会不做事,
你有田地,又有牛羊成群,
到这无父无母的孩子长大了,
你就无须再雇用牧羊人。'

"起先有些为难,最后他允许了,
但是,从来不曾好好地待我。
他常常拿起棍子打我一顿,
如果有什么事不按规矩去做。

"我在拷打和工作之间长成,
我的心头很少有快乐的时光;
我年青时候的唯一的快乐是:
村子里一个美丽的金发的姑娘。

"她的亲爱的母亲早已死去,
她的父亲娶来了第二个女人;
后来她只能由她的后母照管,
因为命运不久又带走了她的父亲。

"这个姑娘就是我的快乐,
唯一的玫瑰在我的荆棘的路上。
我这样沉浸在爱情和赞美中!
'村里的一对孤儿',他们称呼我俩。

"当我还是孩子的时候,我就爱她,

像乳饼一样,到现在也没有改变;
多么愉快呀!遇到了节日,
我同她游戏,在儿童们之间。

"当胡须在嘴唇上刺刺地萌芽,
又有什么痒痒地在腋下,
嘿,如果我吻着她,如果她抱着我,
即使世界翻了身,我也不管它。

"她的凶恶的后母狠狠地虐待她……
她的罪恶,上帝决不能饶恕!
谁知道她要用怎样的阴谋,
如果我不用威吓的话将她喝住。

"我的生活也变成了狗的生活,
在深深的地下我们埋葬了那妇人,
她寻见了我,她养育了我,
比我亲生的母亲更为当心。

"我的心是粗野的;我的一生中,
很少有眼泪流在我的颊上,
但是走上了我的养母的坟山,
我的眼泪就一直流着,像下雨一样。

"伊露士卡,那温柔的金发的姑娘,
也真心地在她的坟边哀哭;

那个向天上飞去的善良的灵魂,
对于这可怜的姑娘也尽量帮助。

"她常常说:'等待着吧,亲爱的!
我让你们结婚的时候就要来了;
怎样的一对呀!村子里的人都要惊奇……
且等待一会儿,孩子,只要等待着!'

"我们受着虐待,等待着将来;
上帝见证,她一定要使它成功,
(她永远实行她所说过的话)
但是,唉,她已经睡眠在坟墓之中。

"在那时候,在她死去之后,
一切希望的幻影全然毁坏;
然而,不顾这残忍的绝望,
我们忠诚的爱情仍旧存在。

"上帝对我们又有别的意旨,
简直也夺去了这样苦痛的安慰。
看,我的主人残忍地赶出了我,
因为我失去了牧着的羊群一半。

"我就和亲爱的伊露士卡道别,
带着苦痛的灵魂在世间流浪。
我流浪着,踏遍了一半世界,

最后,我将红色的军裤穿上。

"我从来不曾对伊露士卡说过,
不要将她的心给予旁人,
她也不曾要求我对她忠实——
可是我俩知道:我们永不变心。

"不必要求我了,美丽的公主!
如果命运夺去了伊露士卡,和我分离:
我再也不需要别的姑娘的爱情,
即使死亡会将我全然忘记。"

一五

勇敢的约翰说完了这样的话,
听众的心无不受到感动;
公主的脸流满了悲哀的眼泪,
眼泪的泉源是同情和苦痛。

国王就转身来向他说道:
"孩子! 关于婚事,我不再强迫。
但是,我要表明我的感谢,
你不能拒绝我的礼物。"

国王就召来了他的总管;
又打开了他自己的宝库,

他满满地装了一大包黄金,
这样多的宝藏,约翰从未见过。

国王又说道:"啊,勇敢的约翰!
看,这救我女儿的报酬并不太多。
你带了这一包黄金归去,
使你的爱人和你自己幸福。

"我想留住你,可是,说也徒然,
我知道:你的心已经向着你的爱人,
去吧,但是我要留下你的同伴,
和他们同度几天欢乐的光阴。"

国王的话,句句都说对了,
勇敢的约翰的心早已在爱人身边。
他感动地向那公主道别;
以后,向着大海,他踏上了帆船。

国王和轻骑队送他到船边,
许多的"一路平安"在空中飞舞,
他们的眼睛久久地向他望着,
一直到他远远地被大雾遮住。

一六

帆船载着约翰很快地去了,

它的阔大的帆张满了风,
可是他的想象却去得更快,
什么也阻止不了它的飞动。

约翰的心头这样地想着:
"嘿,伊露士卡,美丽的心中的仙女!
你的未婚夫正带着宝藏归来,
你可曾预先感到这样的运气?

"当我的归来的路程完了,
我们终于在灾难之后结合,
命运给了财富,还要再给幸福;
我不再需要别人帮助什么。

"虽然我的主人待我太坏;
我也要忘了一切,对他原谅。
这样的幸福正是由他而来;
我要酬谢他,等我到了家乡。"

他这么想着,想了许多次,
也航行得很快,那海上的帆船;
他的美丽的家还在远方,
它距离法兰西的国境很远。

有一天薄暮的时候,勇敢的约翰
在帆船的舱板上散步。

"暴风要来了,看,天空下面的红光。"
他听到了船长对水手们这么说。

对于这话,他却毫不介意。
高高地飞翔着一群白鹤;
已经是秋天了。那些鸟儿,
一定是从故乡飞来,在空中飞过。

他带着温和的渴望向它们望着,
那鸟群似乎告诉他好的消息:
亲爱的伊露士卡和他的阔别的
匈牙利的家,可爱而且美丽。

一七

第二天,如天上的红光所预示,
风来了,发着惊人的呜呜的声音。
就在这暴风的鞭打之下,
大海的波浪也拼命地呻吟。

勇敢的水手们都害怕了,
不息地怒吼着,野蛮的狂风。
没有死里逃生的方法了,
种种用力的挣扎都是虚空。

黑云起了;世界变成了黑暗,

天空中骤然地响着大雷,
电光曲折地闪着,从云中击下;
一道电光将帆船击得粉碎。

海上只剩了船骨,漂浮的碎片,
野蛮的波浪也卷去了尸身。
是不是也被残忍的波浪漂去了?
勇敢的约翰有了怎样的命运?

啊,他的生命,当一发千钧的时候,
上帝却伸出了拯救的手臂,
水沫不是他的坟上的尸布,
将他救起了,是上帝的神迹。

巨人似的波浪荡着他,更高,更高,
它的顶端已经触着云的璎珞;
勇敢的约翰一点也不迟疑,
他立刻用两手抓住了云朵。

他抓住了不放,紧紧地握着,
用力地挣扎着,挂在它的上面,
终于云朵迤逦地到了海边,
那里他才放手,在岩石的顶尖。

现在,他先诚心地感谢上帝,
他的恩惠救了他,出死入生;

他虽然失去了他的黄金,
却不会毁灭他的生命。

他向四面注视,什么也望不见,
只有一只格力分鸟①坐在窝里。
格力分鸟正在喂它的雏儿,
他忽而想着了,他就有了决意。

他躲躲闪闪地向它的窝爬去,
他骤然跳在这格力分鸟的背上,
拍着它的两边,好,穿过了山、谷,
这奇怪的鸟儿驮着他飞翔。

这鸟儿在空中摇摆而且转动,
只想推下他,向地面掷落,
它徒然挣扎,勇敢的约翰也不让步,
按住了它的身子、项颈,用了手和脚。

他们飞了多少地方,只有上帝知道;
有一天,在最早最早的清晨,
当太阳燃烧着第一道光线,
竟映出了他的家乡的塔影!

神圣的上帝! 勇敢的约翰多么快乐;

---

① 格力分鸟,希腊神话里的有鹰的头和翅膀以及狮子的身体的怪鸟。

快乐的眼泪洗着他的眼睛；
格力分鸟也因了过度的疲乏，
它的颤抖的身子渐渐向地面飞行。

后来,它在一座小山边停下,
它透不过气了,几乎失去知觉,
约翰就跳下了,让它独自留着,
他就向那村子前进,一边在思索。

"伊露士卡！我没有带来黄金和宝石,
但是我却带回了我的真心的爱,
我知道:这已经使你满意了。
啊,太久了,我们的痛苦的等待！"

当他一走进村子里,那里,
他听见邻近的车声很是热闹,
酒桶的嘈杂,车轮的转动；
村人们正准备收获葡萄。

他不管那些收获葡萄的人,
即使遇见了,他们也不相识；
他快乐地在这村子里经过,
走到了以前伊露士卡所住的屋子。

在门口,他的手发抖了,
因为重大的刺激,他窒息了,他就站定；

后来他进去了——没看见伊露士卡,
在廊下坐着的都是陌生的人们。

"也许我错了。"约翰就想着,
他的手又握住了门钮关门……
"你要找谁呀?"一种可爱的声音
来自一个年轻的妇人的嘴唇。

约翰对那年轻的女人通了姓名……
"啊,亲爱的!太阳已经晒黑了你。"
那受惊了的女人这么说着,
"你看,连我也不能一见就认识!

"那么,进来吧!为了上帝的爱!
在这儿我可以对你说明一切。"
她引进约翰,让他在椅子里坐下,
于是她问着,讲着,说得很急:

"你竟不认识我了,亲爱的?
我就是那个邻近的小姑娘,
你也常常看见我和伊露士卡在一起……"
"你告诉我:伊露士卡在什么地方?"

约翰的询问打断了她的谈话,
眼泪就从她的眼睛滴下。
"伊露士卡在哪儿?……"她苦痛地说着,

"亲爱的扬启叔叔①!……她已经在地下。"
幸而,那一刻约翰并不站着,
不然要跌倒了,受不住这虐待;
怎么办?他只按住了自己的心,
好像是,他愿意撕去那悲哀。

他沉默了好久,像石头一样坐着,
后来从梦中喊出似的说道:
"老实告诉我,她出嫁了,是吗?
与其她在地下,还是她出嫁更好。

"这样,我就可以最后见她一次,
在我是甜蜜的,这苦痛的欢乐。"
但是,他仔细地望着她的诚恳的脸,
知道她的话是十分地真切。

一八

约翰低下了头,靠在桌角上,
汹涌的泪泉正从他的眼睛流来,
他又说着,结结巴巴地说着,
苦痛几乎将他的声音完全阻碍:

"为什么我不曾在战场倒下?

---

① 叔叔,对年长的人们的亲昵的称呼。

为什么在大海我寻不到坟地?
为什么,为什么我在世间还有生命?
如果有这虐待,这电光将我轰击!"

最后,苦痛已经倦于虐待他了,
似乎在苦工之后,它需要睡下,
"她怎么死去的? 她为什么死的?"
那女人就用了下面的话回答:

"啊!她,那孤女,受了许多磨难,
尤其是她后母的穷凶极恶的虐待;
但是,那凶恶的后母却忏悔了,
因为后来她也成了乞丐。

"她也永远渴望地说着你,
扬启叔叔!这是她的最后的遗言:
'扬启!上帝保佑!如果你的爱情不死,
你会占有我,在另一世间。'

"这之后,灵魂离开了她,飞去了;
就在邻近的地方,她的坟地。
许多许多人都送她去;
大家的眼睛都流着眼泪。"

这殷勤的女人说后,就依约翰的话,
立即领了他走到伊露士卡的坟地;

那里,让他独自与苦痛同在,
他跌倒在爱人的坟边,流着眼泪。

他想念着过去的美丽的时光,
她的纯洁的真心燃烧着情焰,
她的甜蜜的心,她的娇媚的脸——
凋谢了,此刻在冰冷的地下长眠。

太阳的红光渐渐地模糊,
后来,苍白的月亮也就显露,
透过了朦胧的雾,悲哀地望着,
约翰一步一步地离开了亲爱的坟墓。

他又转来。有一株小小的玫瑰树,
在她的长眠的地上生长。
他从那株树上采下一朵花,
于是,去了,又发出了低低的声响:

"你从她的死灰中生长,美丽的玫瑰!
你一定是我流浪中的忠诚的伙伴;
我要在流浪中长征,直到世界尽头,
直到我所渴望着的死亡的时间。"

一九

途中,约翰带着两个伴侣:

一个,是咬啮着他的心的悲哀;
又一个,是挂在身边的鞘中的剑,
已经被土耳其人的血污锈坏。

他同了它们踏上流浪的行程。
月亮已经改变了许多次面貌,
花朵的春天装饰了冬天的大地,
那时候他对心里的悲哀说道:

"当你厌倦了你的这工作,
永不满足于心头的苦楚!
如果不能杀死我,你何必咬啮;
去吧,你去搜寻更适宜的住所。

"我知道,我的死不会从你而来,
我应该想一种别的法子。
我要向着冒险,向着危险走去!
我也许可以得到我所渴望的死。"

他想到这里,就抛弃了悲哀,
它却好几次飞回他的心,
但是——心已经关了——它即刻飞过,
只有孤独的泪滴在眼睑上留存。

以后他连眼泪也都流尽了,
只有生命留着,没有渴望,没有美丽,

他带着它,他带着它走进森林,
走进森林,看见了一辆车子。

那一辆是一个窑匠的车子;
它的车轴已经陷在泥中;
那个窑匠正鞭打着那些马,
那辆车子只说着:"我绝对不愿动!"

"上帝给你好日子!"约翰向他招呼;
他却用了苦痛的眼光相投,
他大怒了,一点不客气地说道:
"我没有好日子……那只有魔鬼有!"

"唔,"约翰说,"这真是可恼的玩笑!"
"怎么不是!是该死的泥潭,这一条路。
鞭打这些流汗的马,也只白费气力,
从早晨起,这些轮子已经黏住。"

"好,我来帮助你……兄弟!你告诉我,
到哪儿去,向这一条路走?"
勇敢的约翰问他,又伸了手臂指着
那穿过森林右面的一条路口。

"这一条路?你得留意,我说,
你是寻死去了,如果走上这条路。
进去的人再也不能回来,

那面的地方是巨人们的住处。"

"好人哪！这你只要相信我好了。
现在让我们来料理车子的事务。"
勇敢的约翰就突然走近车杠，
玩笑似的把车子从泥泞中拉出。

那窑匠生着好大的嘴和眼睛，
可是它们也还来不及诧异；
到他醒悟了要诚心地感谢，
勇敢的约翰已经远远在森林里。

勇敢的约翰去了，不多久他就到了，
已经到了可怕的巨人国的地方。
边境上有一道急流响着；
它的大小和别处的大河相当。

有一个巨人卫兵守着边境；
那时候勇敢的约翰已经看见，
他抬起了他的眼睛望着，
好像他正望着那高高的塔尖。

当那守卫的巨人见到了他，
就向他喊着，像是呜呜的雷响：
"如果看得不错，有人在小草中动着——
我的脚掌发痒了，想踏在他身上。"

正在那巨人要压碎他的时候，
看哪！约翰就将他的剑举起，

那巨人呻吟着，踩着了那铁器，
他的脚摇荡着，跌进河里。

勇敢的约翰的头里这样想着：
"这果然遇到了，我正愿意如此。"
他想着的时候，又向前跑去，
在水上跨过了巨人的身子。

那跌下的巨人来不及起来，
勇敢的约翰已经到了河的那一岸，
他跨过了，他挥着剑攻击，
老练地将巨人的咽喉砍断。

于是那巨人永远不再起来，
起来用眼睛守卫他的祖国；
一阵黑影蒙上了他的眼睛，
他只徒然地等待它的经过。

澎湃的急流冲过他的身上；
他的红血就成了它的波涛。——
约翰怎样了？是幸福还是悲惨？
让我们等一会儿，我们就要听到。

二〇

他不息地走向森林的深处；
他停留而且诧异，停留了多次，
因为他日常所见的一切，
与巨人国里所见的并不相似。

那里有的是这样的大树，
约翰望不到它们的顶尖。
那些大树的阔大的叶子，
做一件大衣，只需它的半片。

那里的蚊子也大得可以，
它们正像是别处的牛一样。
它们成群地向约翰飞来，
他不得不用他的铁剑抵抗。

还有那些乌鸦！……啊，那些是！
有一只栖息在大树的树顶，
它虽然离开他有两英里远，
可是还很大，他以为它是一片乌云。

约翰仍然流浪着，无限地惊奇，
有一次，他在前面看见了黑墙。
是巨人国王的黑的王宫，

漆黑漆黑地立在他的前方。

我不说谎,它有这么大的门,
是,是……恰当的词儿我说不出,
但是它的巨大,你可以想象;
当然不小,巨人国王的建筑。

约翰走到了,又这样地沉思:
"外面我已经了然,我要看一看里面。"
他并不注意吓人的危险,
他撞开了宫门上的关键。

唔,在那里面当然有所见:
国王和不知道多少儿子正在大吃。
他们吃的什么,你真不能猜想;
想一想吧?他们正吃着岩石。

勇敢的约翰已经进来了,
他真不欢喜那样的盛宴;
那个殷勤的、好心的巨人国王
却邀请他,用了这样的语言:

"你来了,好,来和我们同吃,
如果你不吃,我们就要吃你;
不要拒绝,不然我们将你捣碎了,
来给这干燥的食物调味。"

对于这样的谈话的声音,
约翰并不仅仅以为好玩;
他用了大胆的声音答应:
"好!虽然这食物不大习惯;

"但为什么不呢?依了你的请求,
我也要吃,加入你们的一队,
请你给我敲成小小的块子,
我只恳求你这唯一的恩惠。"

那国王敲碎了大约五磅石子,
就摆在他的面前,又说道:
"看这些小汤团,你总合意了,
团子也就来了,要好好地咬嚼!"

"你自己咬嚼去,你痛苦的日子!①
我牙齿要断了,我可以发誓!"
这时候约翰大怒地喊着,
他又用右手挥起一块岩石。

这块岩石却击中了国王的头颅,
他从椅子上倒下,他的脑浆喷散。
"团子哽死你了,"约翰笑着,

---

① 不大普遍的骂人的话,来源不明。

"这是最后一次,你请别人吃石饭!"

啊,巨人们有了极大的苦痛,
国王已经为残忍的死亡击中,
他们在悲哀中流下泪雨……
一滴眼泪可以装满一桶。

一个最老的巨人哭着对约翰说:
"饶恕吧,饶恕吧,国王!主人!
我们奉你为王,如果你饶恕我们,
我们像奴隶一样服从你的命令!"

"那弟兄的意思正是我们的意思,
啊!饶恕我们吧,饶恕我们奴隶!"
所有的巨人都恳求地喊着,
"奴隶的我们服从你的管理。"

勇敢的约翰就回答说:"好!
我都接受了,你们的提议。
但是我必须继续我的行程,
你们再选出一个人来代理。

"你们选哪一个,对于我并不重要,
我对你们只有唯一的约言:
如果我在危险中需要你们,
你们全体必须立刻出现。"

"这口笛,国王陛下！它的声音
就是召我们的命令,我们奴隶。"
那个年老的巨人对勇敢的约翰说,
又把一支口笛放在他的手里。

约翰把口笛放在背囊里,
他正可以自豪他的胜仗,
巨人国的人民和他道了别,
他又去了,带着幸福的愿望。

二一

约翰自己也不知道,他走了多远,
但是他的路程愈加向前,
而这世界也就愈加黑暗,
有一次他望着,啊！他什么也看不见。

是夜里吗,或是眼睛失了视力？
勇敢的约翰向自己这么发问。
但是,并非夜里,也并非瞎了眼,
是他已经到了黑暗国的国境。

天上没有太阳,也没有星星照耀；
勇敢的约翰只能摸索着前行,
在他头上时时有什么飞过,

好似空中的一对对翼翅的声音。

那不是一对对翼翅的声音,
却是一群巫婆骑着扫帚。
黑暗国正是那一队巫婆的
家庭和产业,已经很久很久。

那里每年有一次全国大会,
夜半,那些太太都骑行到那地方。
正在这时候,全队都聚集了,
一起聚集在黑暗国的中央。

大家都骑行着,到了深深的岩洞里,
中央有一只锅子,正在燃烧。
一开门的时候,就望见火光,
勇敢的约翰立刻向着那方向飞跑。

当他跑到了,那些尖下巴
已经一起在那地方聚集。
他踮着脚走到了钥匙孔边,
又窥见了使他诧异的怪事。

可恶的老太婆们成群地来去。
在那只锅子里,掷下而且烧煮:
绞架旁边的野草、猫的尾巴、
蛤蟆、蛇、老鼠、死人的骸骨。

谁能讲完这连续的故事？
约翰却已经看得十分清晰：
这岩洞一定属于那一队人。
突然地，他又有了他的决意。

他正要从背囊中取出口笛，
召集那些巨人同来攻击，
但是他的手却碰着了什么，
他注视着，看见了那面的东西。

在地上有一大堆的扫帚，
巫婆们就骑了这些在空中飞行。
他立刻拿开，又迅速地藏了，
使那些巫婆再也不能搜寻。

于是他又转来，吹着口笛，
巨人们立刻都在他面前站着。
"孩子们！打碎那门！快！不要放过！"
他们奉行他的命令，他喊着。

怎样的猫叫和突然的暴动！
那胆战心惊的一队从岩洞跑出；
她们绝望地搜寻着扫帚，
不见了：已经截断了空中的道路。

那时候巨人们并不坐着休息,
狂暴地将一切的巫婆抓到,
又用力地向地上掷去,
她们就啧啧地像饼一样碎了。

这一件事最可注意的是:
地上响着一次一次巫婆的碎裂声,
天上的黑暗也就一时一时减少,
黑暗国已经渐渐地光明。

太阳几乎照耀得十分光明了,
轮到了责罚那个最后的巫婆……
哪,约翰却认识那奸恶的妇人——
她正是他的伊露士卡的后母!

"让我自己来揍她!"约翰喊道,
扯着她离开了巨人的大手,
那巫婆却从他的手中滑下,
好,逃了,跑了,急急地远走。

约翰对那巨人大怒地喊道:
"孩子!快追那个地狱的种子!"
他服从了,一跳就将她捉住,
掷向空中,极高极高地投掷。

在勇敢的约翰的家乡,在村子尽头,

那最后的巫婆跌下,死了;
村子里的人们都恨透了她,
为了她连乌鸦也不叫①。

黑暗国光明了,辉煌的太阳
已经照耀在永久的黑暗之后,
勇敢的约翰烧起了一大堆火焰,
都烧成了灰烬,那一把把的扫帚。

以后,他就对巨人们道别,
又告诉他们仆人的规矩。
他们也对他忠诚地宣誓,
于是约翰向左,他们向右走去。

二二

勇敢的约翰在流浪的路上奔走,
他的心复原了,离开了悲哀,
他看见了挂在胸前的那朵玫瑰,
他觉得他的苦痛不会重来。

那是从伊露士卡的坟边采来,
那朵玫瑰贴在他的胸前,

---

① "为了她连乌鸦也不叫"是匈牙利的俗语,意思是"谁都没有可怜她"或"谁都没有为她流泪"。

当约翰注视着这玫瑰,
它就引起了他的甜蜜的纪念。

他流浪着。有一次太阳落了,
其后薄暮来了,血似的殷红;
血红的薄暮也渐渐隐去,
又来了黄的残月,苍白的脸孔。

约翰仍然走去;月儿又沉没了,
他疲倦地停留在黑暗之间,
他垂下了头,靠在土堆上,
为了恢复他的极大的疲倦。

他伸着四肢睡了,他不知道,
他休息的地方是一个坟场;
古老的坟场:它的坟墓对抗着
毁灭的时光,在这寂寞的地方。

已经夜半了,是可怕的时间,
一座座坟墓都开了口,发出怨声。
穿着白衣的苍白的幽灵,
都从坟墓的开口处飞升。

出现之后,它们立即歌着,舞着,
践踏之下,大地发出战栗的声浪;
却喊不醒睡着的勇敢的约翰,

不管是跳舞,不管是歌唱。

有一个坟墓中的幽灵看见了他,
它就尖声喊着:"一个人,一个活人!
捉住他,拿住那大胆的东西,
他为什么敢冒险地走近?"

地下的阴影全都嗒嗒地来了,
威吓的一群在他的周围站立,
它们都伸着手臂……忽然雄鸡啼了。
鸡啼之后,一切也都消灭。

约翰自己也因了鸡啼清醒,
他的身体也因了寒冷发颤;
刺人的风吹着坟头的野草,
他又步行着,他再向前。

二三

勇敢的约翰刚登上高高的山巅,
黎明正放射着最早的光线。
啊!红光中的世界真是十分美丽,
他惊奇地站住了,向四方观看。

晨星已在晕去的死亡中,
依稀闪耀着微弱的光芒,

最后,似乎是呻吟着隐去了,
太阳就辉煌地到了天上。

它在它的金车中载来了光明,
温柔地注视着大海的波浪,
这些似乎在可爱的和平中睡去了,
靠着无限的空间的抚慰的胸膛。

和平的大海,在金黄的波浪中,
许多许多五彩的小鱼在跳跃,
太阳的光线照耀着的鱼鳞
摇晃着,像金刚石一样闪烁。

岸上有一间渔人的小屋;
一个老人,他的胡须一直垂到膝上,
约翰向他走去,向他请求,
他正要在水中放下他的渔网:

"我很想要求你,我的老丈!
你能不能带我到那一岸去?
我本来要付给你,如果我有钱,
请你免费带我过去,我真感激!"

"孩子!我也不要,即使你有钱,"
那个渔翁殷勤地、温和地答道,
"深深的大海已经给了我一切,

它已经满足了我的需要。

"但是你怎么会到了这一岸?
你知道,你看见的就是寓言洋!
我再也不能带你到那边去,
寓言洋真正是渺渺茫茫。"

"这是寓言洋吗?"约翰又说道,
"可是说起了这,我更觉得好奇;
我所到的地方,我一定要过去,
我的最后的方法……吹一吹口笛。"

他吹着。立刻在口笛声之后,
巨人已经站在他面前听候吩咐。
"你能够渡过这寓言洋吗?"
勇敢的约翰说,"如果可以,带我过去。"

"我能够吗?"那巨人笑着说,
"快!只要爬上坐在我的肩头。
这样!再用力抓住我的头发。"
说话的时候,他背了约翰就走。

二四

那巨人不停地涉水走去;
巨人的脚步一跨就是半英里路,

仍然望不见那面的一岸,
已经继续了三星期,这样的速度。

在那面远远的青色的雾中,
有一天,看,眼界内有什么望到。
"岸哪!"约翰快乐地对巨人喊着。
那个背人的说:"那是一个岛。"

"是怎样的岛呀?"约翰问道。
"你一定听见过了,那是仙人国。
仙人国是在这世界的尽头,
一到那里,波浪就全然隐没。"

"我只想看一看美丽的仙人国,
忠心的仆人,背我到那儿去!"
巨人回答说:"好!我服从了,
可是你要在那儿毁了的,我警告你。

"要进门去真是太费力了,
可怕的怪物守卫着一切大门……"
"这与你无关!只要背我到岸上,
怎么进去,当然是我自己留心。"

他这样地告诉了那巨人,
他也不再说反对他的语句,
他只背着他,又在岸上放下,

自己就转身跳进了波浪回去。

二五

在美丽的仙人国的头门,
有三只长爪的熊恶狠狠地看守。
三只熊不久都被杀死了,
因为约翰的用力的搏斗。

"今天这一天的胜仗已经够了,"
搏斗之后,约翰坐在凳子上思想,
"明天我再向里面的门进去,
我要休息一下,恢复我的力量。"

他怎么想着,也就怎么做,
他攻击它的二门,在第二天。
守门的是三只极野蛮的狮子,
他看出了:他有的是更大的危险。

他卷起了衣袖在手臂上;
挥着灿烂的宝剑,他前去攻击;
它们用了发狂的野蛮抵抗,
它们的生命却仍然完结。

这次的胜利使约翰兴奋了,
不息地鼓舞着再一次的作战,

他已经渐渐地临近了三门,
他揩去了脸上流着的汗。

只要向它一望,血就冰结了;
最可怕的守卫呀,愿上帝保佑!
那守卫的是一条极大的龙;
它的大嘴一下吞得了六头牛。

约翰坚定地保持着他的勇气,
也不太少,他的聪敏的机智,
知道他的剑已经无用了,
他立刻想到别的处置它的法子。

那条龙张开了它的可怕的嘴,
它要抓住约翰,吃掉他,像一只苍蝇;
对于这样的攻击,他怎么办?
他一直向那条龙的喉咙里跳进。

他在龙的胸膛里寻觅它的心,
寻见了之后,他就用剑刺进。
那条龙立刻颤抖地扭动着,
呻吟着飞去了它的毁掉的生命。

一定要刺穿这龙的半边身了,
约翰这时候十分努力地工作。
他终于在几声叹息中爬出了,

333

他开了那门,看哪:正是仙人国!

二六

仙人国里的人不知道冬天,
照耀着春天的永远的繁华;
红色的晨曦永远在天上闪动,
太阳轮流地上升,永不落下。

快乐的命运中的仙人和仙女,
不知道死,只为欢乐而生存;
他们并不需要尘世的饮食,
给他们滋养的有爱情的甜吻。

没有悲哀的泪,但是,因为快乐,
眼泪也常流下仙人的眼睛;
深深的大地吸入了这眼泪,
在大地的中心就有金刚石产生。

金发的仙女玩笑地拉着她们的金发,
像拉线似的,拉到山的下面;
就从那些线上产生了黄金,
是掘宝者的极大的喜欢。

仙孩们收集了仙女们的眼光,
他们用这编织着一条彩虹;

假如仙童们也编织了更长的一条，
作为云的装饰，就放上天空。

仙女们的床是玫瑰花做的床，
在上面休息，是快乐的酣醉；
芬芳的西风的温和的气息，
嚅嚅地抚慰着，使她们安睡。

她们在梦中所见到的那一世界，
它的影子就是仙人国。
地球上的人在初恋中拥抱的时候，
也就充满了那一个梦的欢乐。

二七

勇敢的约翰走进了大门，
他立定了，带着惊奇的注视。
玫瑰色的光辉炫耀了他的视力，
他只怯怯地冒险抬起了眸子。

仙人和仙女看见了他，毫不胆怯，
向他走来了，像温柔的婴孩一样，
带着乖觉的笑，说着甜蜜的话，
领了他到这神话的岛的中央。

勇敢的约翰看见了这一切，

似乎唤醒了他的狂欢的梦：
骤然的绝望抓住他的心，
伊露士卡又到了他的记忆之中。

"在爱情的国里，在狂欢的国里，
难道只有我，一生孤独地流浪？
无论哪儿，只有我流了泪望着，
缺少了幸福，在我的心上？"

仙人国的中央有一个青青的湖，
他在悲哀的流浪中到了湖边，
那朵在亲爱的坟墓上采来的玫瑰，
他从胸前取出了，他就对它开言：

"爱人的死灰！我的唯一的宝贝！
花啊！指示我一条路，我要跟随你。"
他悲哀地把它向水波中掷去；
也几乎跟随它了，他自己……

他看见了什么！啊，怎样的奇迹！
竟变成了他的伊露士卡，那朵玫瑰。
他发狂似的跳进水波中，
救起了他的爱人，从那湖里。

这湖里的水正是生命泉，
它的一滴就能够复活一切。

那朵玫瑰原来从她的死灰生长,
这水使她脱离了死的安息。

即使我能用美丽的字句歌唱一切,
我也不能说明勇敢的约翰的欢畅;
当久已渴望着的嘴唇沉浸于甜吻,
当复活的伊露士卡靠着他的胸膛。

美丽的伊露士卡!那些仙女
都向她跑来,惊喜地向她看望;
她们立即欢呼她为王后,
仙人们也同时宣布约翰为王。

在仙人的美丽的种族中,
靠着亲爱的伊露士卡的胸膛,
国王陛下勇敢的约翰现在还是
欢乐的仙人国的幸福的王。

后　记

我国介绍裴多菲,鲁迅先生是第一人,就见于他在一九〇七年所写的《摩罗诗力说》(第九节是论裴彖飞的,发表于一九〇八年三月的《河南》杂志第三期),而且在发表《摩罗诗力说》之后五个月,《河南》杂志第八期上又刊出了他所翻译的《裴彖飞诗论》(籁赫的《匈牙利文学》第二十七章)。后来又有沈雁冰先生的《匈牙利爱国诗人裴都菲百年纪念》(一九二三年一月,《小说月报》十四卷一号),冯至先生的"Petőfi Sándor"(一九二六年八月,《沉钟》半月刊第二期),白莽先生的《彼得斐·山陀尔行状》(译文,一九二九年十二月,《奔流》二卷五号)。从一九三〇年起,我们也不时在日报和期刊上看到介绍这一位诗人的文章。他成了我国最熟识的外国诗人之一,一直以来他的活动和作品使我们激昂,使我们奋起。

然而他的作品译成中文的却并不多,只有鲁迅先生的六首,白莽先生的九首,以及别的零星的几首;到一九三一年,我才译出了他的长诗《勇敢的约翰》;到一九五一年,我又译出了他的一个诗集(《裴多菲诗四十首》)。可是这些都是转译的,不但在选择方面受到很大的限制,而且在忠实于原文这一点上,也有很大的距离。何况在匈牙利解放以前,匈牙利统治者也尽力歪曲这诗人,无论在国内或国外出版的他的诗集,都不印入歌颂革命的作品,使他成为好像不过是描写爱情和家庭生活的小市民诗人。

现在这一本选集(包括《勇敢的约翰》在内),是注意到了上述的情况,而且要弥补这缺憾的。希望通过它,让我们的读者能够看出作者的比较全面的轮廓。但这也只能视为他的第一个选集,我们还可以而且需要有第二个、第三个;因为这一次因为时间的限制,就没有新译的长诗。这里的一〇五首诗中,我以前翻译的(《勇敢的约翰》四十首中选出的二十八首,其他十二首)和别人译过的(鲁迅先生的六首,白莽先生的三首,还有一九五三年二月号《人民文学》上发表的沈思泽先生的四首),都根据原文修改了一下;其他新译的则都从原文译出。我不懂匈牙利文,这工作曾得到匈牙利留学生高恩德、梅维佳二位同志很大的帮助(帮助他们翻译、抄写的,还有北京大学的同学们)。这工作从去年一月间开始,一直到今年五月中结束。

译文是尽可能地直译的;为了保存原诗的面目,译文和原文的行数相等;也保留脚韵(原诗无韵的,译文也不用韵,但有三四首旧译,原文无韵而译文却有韵,现在也不改回来了),但为了更容易懂得和读起来顺口些,有时就不勉强像原诗那样严格,而加以变换或减少,又只"押大致相近的韵"(鲁迅先生语);每行的字数大致也不相等,让它有一点伸缩性。然而这还是在试验中的译法,不敢自信,请读者们指教。

全书的诗篇是由高恩德同志选定的,应该在这里表示我的感谢。

孙　用
一九五四年六月

"外国文学名著丛书"书目

第 一 辑

书 名	作 者	译 者
伊索寓言	〔古希腊〕伊索	周作人
源氏物语	〔日〕紫式部	丰子恺
堂吉诃德	〔西班牙〕塞万提斯	杨 绛
泰戈尔诗选	〔印度〕泰戈尔	冰 心　石 真
坎特伯雷故事	〔英〕杰弗雷·乔叟	方 重
失乐园	〔英〕约翰·弥尔顿	朱维之
格列佛游记	〔英〕斯威夫特	张 健
傲慢与偏见	〔英〕简·奥斯丁	工科
雪莱抒情诗选	〔英〕雪莱	查良铮
瓦尔登湖	〔美〕亨利·戴维·梭罗	徐 迟
欧·亨利短篇小说选	〔美〕欧·亨利	王永年
特利斯当与伊瑟	〔法〕贝迪耶	罗新璋
巨人传	〔法〕拉伯雷	鲍文蔚
忏悔录	〔法〕卢梭	范希衡 等
欧也妮·葛朗台 高老头	〔法〕巴尔扎克	傅 雷
雨果诗选	〔法〕雨果	程曾厚
巴黎圣母院	〔法〕雨果	陈敬容
包法利夫人	〔法〕福楼拜	李健吾
叶甫盖尼·奥涅金	〔俄〕普希金	智 量
死魂灵	〔俄〕果戈理	满 涛　许庆道

1

书　名	作　者	译　者
当代英雄	〔俄〕莱蒙托夫	草　婴
猎人笔记	〔俄〕屠格涅夫	丰子恺
白痴	〔俄〕陀思妥耶夫斯基	南　江
列夫·托尔斯泰中短篇小说选	〔俄〕列夫·托尔斯泰	草　婴
怎么办？	〔俄〕车尔尼雪夫斯基	蒋　路
高尔基短篇小说选	〔苏联〕高尔基	巴　金　等
浮士德	〔德〕歌德	绿　原
易卜生戏剧四种	〔挪〕易卜生	潘家洵
鲵鱼之乱	〔捷〕卡·恰佩克	贝　京
金人	〔匈〕约卡伊·莫尔	柯　青

第　二　辑

荷马史诗·伊利亚特	〔古希腊〕荷马	罗念生　王焕生
荷马史诗·奥德赛	〔古希腊〕荷马	王焕生
十日谈	〔意大利〕薄伽丘	王永年
莎士比亚悲剧五种	〔英〕威廉·莎士比亚	朱生豪
多情客游记	〔英〕劳伦斯·斯特恩	石永礼
唐璜	〔英〕拜伦	查良铮
大卫·科波菲尔	〔英〕查尔斯·狄更斯	庄绎传
简·爱	〔英〕夏洛蒂·勃朗特	吴钧燮
呼啸山庄	〔英〕爱米丽·勃朗特	张　玲　张　扬
德伯家的苔丝	〔英〕托马斯·哈代	张谷若
海浪　达洛维太太	〔英〕弗吉尼亚·吴尔夫	吴钧燮　谷启楠
哈克贝利·费恩历险记	〔美〕马克·吐温	张友松
一位女士的画像	〔美〕亨利·詹姆斯	项星耀
喧哗与骚动	〔美〕威廉·福克纳	李文俊
永别了武器	〔美〕欧内斯特·海明威	于晓红

书　名	作　者	译　者
波斯人信札	〔法〕孟德斯鸠	罗大冈
伏尔泰小说选	〔法〕伏尔泰	傅　雷
红与黑	〔法〕司汤达	张冠尧
幻灭	〔法〕巴尔扎克	傅　雷
莫泊桑中短篇小说选	〔法〕莫泊桑	张英伦
文字生涯	〔法〕让-保尔·萨特	沈志明
局外人　鼠疫	〔法〕加缪	徐和瑾
契诃夫小说选	〔俄〕契诃夫	汝　龙
布宁中短篇小说选	〔俄〕布宁	陈　馥
一个人的遭遇	〔苏联〕肖洛霍夫	草　婴
少年维特的烦恼	〔德〕歌德	杨武能
德国，一个冬天的童话	〔德〕海涅	冯　至
绿衣亨利	〔瑞士〕戈特弗里德·凯勒	田德望
斯特林堡小说戏剧选	〔瑞典〕斯特林堡	李之义
城堡	〔奥地利〕卡夫卡	高年生

第 三 辑

埃斯库罗斯悲剧二种	〔古希腊〕埃斯库罗斯	罗念生
索福克勒斯悲剧二种	〔古希腊〕索福克勒斯	罗念生
欧里庇得斯悲剧二种	〔古希腊〕欧里庇得斯	罗念生
神曲	〔意大利〕但丁	田德望
西班牙流浪汉小说选	〔西班牙〕克维多　等	杨　绛　等
阿拉伯古代诗选	〔阿拉伯〕乌姆鲁勒·盖斯　等	仲跻昆
列王纪选	〔波斯〕菲尔多西	张鸿年
蕾莉与马杰农	〔波斯〕内扎米	卢　永
莎士比亚喜剧五种	〔英〕威廉·莎士比亚	方　平
鲁滨孙飘流记	〔英〕笛福	徐霞村

书　名	作　者	译　者
彭斯诗选	〔英〕彭斯	王佐良
艾凡赫	〔英〕沃尔特·司各特	项星耀
名利场	〔英〕萨克雷	杨　必
人性的枷锁	〔英〕威廉·萨默塞特·毛姆	叶　尊
儿子与情人	〔英〕D.H.劳伦斯	陈良廷　刘文澜
杰克·伦敦小说选	〔美〕杰克·伦敦	万　紫　等
了不起的盖茨比	〔美〕菲茨杰拉德	姚乃强
木工小史	〔法〕乔治·桑	齐　香
恶之花　巴黎的忧郁	〔法〕波德莱尔	钱春绮
萌芽	〔法〕左拉	黎　柯
前夜　父与子	〔俄〕屠格涅夫	丽　尼　巴　金
卡拉马佐夫兄弟	〔俄〕陀思妥耶夫斯基	耿济之
安娜·卡列宁娜	〔俄〕列夫·托尔斯泰	周　扬　谢素台
茨维塔耶娃诗选	〔俄〕茨维塔耶娃	刘文飞
德国诗选	〔德〕歌德　等	钱春绮
安徒生童话选	〔丹麦〕安徒生	叶君健
外祖母	〔捷〕鲍·聂姆佐娃	吴　琦
好兵帅克历险记	〔捷〕雅·哈谢克	星　灿
我是猫	〔日〕夏目漱石	阎小妹
罗生门	〔日〕芥川龙之介	文洁若

第 四 辑

一千零一夜		纳　训
培根随笔集	〔英〕培根	曹明伦
拜伦诗选	〔英〕拜伦	查良铮
黑暗的心　吉姆爷	〔英〕约瑟夫·康拉德	黄雨石　熊　蕾
福尔赛世家	〔英〕高尔斯华绥	周煦良

书　名	作　者	译　者
月亮与六便士	〔英〕威廉·萨默塞特·毛姆	谷启楠
萧伯纳戏剧三种	〔爱尔兰〕萧伯纳	潘家洵 等
红字　七个尖角顶的宅第	〔美〕纳撒尼尔·霍桑	胡允桓
汤姆叔叔的小屋	〔美〕斯陀夫人	王家湘
白鲸	〔美〕赫尔曼·梅尔维尔	成　时
马克·吐温中短篇小说选	〔美〕马克·吐温	叶冬心
老人与海	〔美〕欧内斯特·海明威	陈良廷 等
愤怒的葡萄	〔美〕斯坦贝克	胡仲持
蒙田随笔集	〔法〕蒙田	梁宗岱　黄建华
悲惨世界	〔法〕雨果	李　丹　方　于
九三年	〔法〕雨果	郑永慧
梅里美中短篇小说选	〔法〕梅里美	张冠尧
情感教育	〔法〕福楼拜	王文融
茶花女	〔法〕小仲马	王振孙
都德小说选	〔法〕都德	刘　方　陆秉慧
一生	〔法〕莫泊桑	盛澄华
普希金诗选	〔俄〕普希金	高　莽 等
莱蒙托夫诗选	〔俄〕莱蒙托夫	余　振　顾蕴璞
罗亭　贵族之家	〔俄〕屠格涅夫	陆　蠡　丽　尼
日瓦戈医生	〔苏联〕帕斯捷尔纳克	张秉衡
大师和玛格丽特	〔苏联〕布尔加科夫	钱　诚
茨威格中短篇小说选	〔奥地利〕斯·茨威格	张玉书 等
玩偶	〔波兰〕普鲁斯	张振辉
万叶集精选	〔日〕大伴家持	钱稻孙
人间失格	〔日〕太宰治	魏大海

第 五 辑

书 名	作 者	译 者
泪与笑　先知	〔黎巴嫩〕纪伯伦	冰　心　等
华兹华斯 柯尔律治 诗选	〔英〕华兹华斯　柯尔律治	杨德豫
济慈诗选	〔英〕约翰·济慈	屠　岸
汤姆·索亚历险记	〔美〕马克·吐温	张友松
大街	〔美〕辛克莱·路易斯	潘庆舲
田园三部曲	〔法〕乔治·桑	罗　旭　等
金钱	〔法〕左拉	金满成
果戈理小说戏剧选	〔俄〕果戈理	满　涛
奥勃洛莫夫	〔俄〕冈察洛夫	陈　馥
谁在俄罗斯能过好日子	〔俄〕涅克拉索夫	飞　白
亚·奥斯特洛夫斯基戏剧六种	〔俄〕亚·奥斯特洛夫斯基	姜椿芳　等
复活	〔俄〕列夫·托尔斯泰	草　婴
静静的顿河	〔苏联〕肖洛霍夫	金　人
谢甫琴科诗选	〔乌克兰〕谢甫琴科	戈宝权　任溶溶
维廉·麦斯特的学习时代	〔德〕歌德	冯　至　姚可崑
叔本华随笔集	〔德〕叔本华	绿　原
艾菲·布里斯特	〔德〕台奥多尔·冯塔纳	韩世钟
豪普特曼戏剧三种	〔德〕豪普特曼	章鹏高　等
铁皮鼓	〔德〕君特·格拉斯	胡其鼎
加西亚·洛尔卡诗选	〔西班牙〕加西亚·洛尔卡	赵振江
你往何处去	〔波兰〕亨利克·显克维奇	张振辉
显克维奇中短篇小说选	〔波兰〕亨利克·显克维奇	林洪亮
裴多菲诗选	〔匈〕裴多菲	孙　用
轭下	〔保〕伐佐夫	施蛰存

6

书　名	作　者	译　者
卡勒瓦拉(上下)	〔芬兰〕埃利亚斯·隆洛德	孙　用
破戒	〔日〕岛崎藤村	陈德文
戈拉	〔印度〕泰戈尔	刘寿康